PROMÉTHÉE

ou

L'ÉLIXIR DE FEU

Patricia KLEIBER

PROMÉTHÉE

ou

L'ÉLIXIR DE FEU

Récit

ISBN 978-2-9555312-0-4
Éditions Mythes et Contes
30 ter, rue de la Liberté – 94300 Vincennes
Imprimé par Create Space – États-Unis
14,45 €
Dépôt Légal Mars 2016

Design couverture : Céline Le Saint

À mes âmes sœurs.

À la Grèce mythique : Prométhée, Pandore, Cassandre...
que j'ai voulu faire revivre le temps d'un livre.

« *Justice triomphe de la démesure quand son heure est venue.* »

Hésiode

« *(...) les hommes mortels s'émerveillaient à la vue de ce piège, profond et sans issue pour les hommes : car c'est de celle-là [Pandore] qu'est sortie la race maudite des femmes.* »

Hésiode

« *Et toi, Pandore, vase sacré empli de tous les dons qui apportent la joie sous le vaste ciel...* ».

Goethe

« *(...) un système d'esclavage où les esclaves auraient l'amour de leur servitude.* »

Aldous Huxley

« *C'est donc quand je ne suis plus rien, que je deviens vraiment un homme.* »

Sophocle

PREMIÈRE PARTIE

LA DÉCOUVERTE

Chapitre I

— Prométhée, c'est pour ce soir ? Ta découverte...

— Eh bien ?

— Ta découverte est bien plus qu'une découverte scientifique. C'est une révélation, un don du ciel, un don des dieux ! Tu dois la propager rapidement ! C'est toi le savant, celui qui sait, connaît, prévoit tout. Or, tu as tout prévu, non ?

— Oui, j'ai tout prévu. Tu es le seul à partager ce secret avec moi depuis toutes ces années. Soit ! Cette nuit, lorsque la lune sera haute dans le ciel, je t'attendrai sur l'île.

Ils se saluèrent, Prométhée et Épiméthée, les frères jumeaux, d'un bref mouvement de tête. Prométhée, élégant, raffiné, Épiméthée, simple, ordinaire. Nés de la même mère, ils n'étaient pas frères d'esprit.

Prométhée jeta sur ses épaules un manteau noir, cintré d'une large ceinture moirée. Autour de son cou, une écharpe de soie blanche. À ses mains, des gants d'un cuir fin et souple.

Il approchait de la quarantaine. Grand, d'une minceur désincarnée, il avait une allure fière et souveraine.

Il s'engagea dans une ruelle étroite, bordée de grillages resserrés. De part et d'autre, des édifices en béton sale. Au bout du passage, une bâtisse immense, solide, sans fenêtre. Les murs avaient une double épaisseur : étanches, résistant à toute intrusion, ne laissant rien filtrer. Le laboratoire.

Au centre, une porte blindée d'un rouge corrosif. Il l'avait voulue de cette couleur. Elle ouvrait sur un monde pérenne, hors du temps, qui recelait, peut-être, le secret de la vie éternelle, en vertu de ce génie qu'on lui prêtait.

Le génie qui réside en chaque homme, double lumineux ou obscur. En lui, il n'était que lumière. N'était-ce pas justice que de le mettre au service de l'humanité ?

Prométhée entrevit le reflet de sa silhouette dans la porte vernie. Il était beau. Il secoua l'abondante chevelure blonde qui tombait sur ses épaules, qu'il portait en longues mèches ramenées vers l'arrière, dégageant son fin visage allongé.

Il composa un code sur un cadre encastré où étincelaient dix chiffres. La porte s'ouvrit. À l'intérieur, des lumières s'allumèrent. Des galeries longeaient des pièces closes dans lesquelles régnait un silence profond. L'une d'elles, plus large, traversait le laboratoire de part en part.

La porte rouge se referma derrière lui. Il avait quitté le monde des humains pour pénétrer dans celui des dieux, se disait-il avec solennité. Mais il n'était pas un dieu. Il devait s'en souvenir pour accomplir sa mission. Il n'était qu'un messager, un canal, ou un fleuve choisi par les dieux. Un fleuve qui allait charrier les dons divins à travers le monde, des océans les plus profonds aux sommets les plus élevés.

Il se souvint de la nuit où les digues du fleuve s'étaient rompues en lui. La nuit où l'étincelle divine l'avait terrassé tel un boulet de canon.

Cette nuit-là, son cœur était devenu dur comme une pierre : une pierre tombée d'une autre planète, d'une étoile ou galaxie lointaine. Une pierre fondamentale, originelle. Depuis lors, son cœur était pesant. Un cœur auquel s'adressaient les dieux. Endurci, inflexible, déterminé à combattre pour l'humanité.

Il en était abasourdi encore, lorsqu'il se remémorait l'étudiant pauvre et méconnu qui s'échinait dans un laboratoire de pacotille, sondant les mille possibilités, procédés, trajectoires qui le mèneraient vers l'ultime révélation. Quoique irréelles, chimériques, insensées parfois, ses intuitions n'en renfermaient pas moins le germe d'une réalisation.

Un jour, le miracle s'était produit. On l'avait entendu, il avait convaincu. On avait mis à sa disposition tout ce qu'il désirait, davantage même. Outre cet immense laboratoire qu'il dirigeait, un lieu intime, où il pouvait s'isoler à loisir, travailler et vivre dans une solitude propice.

Durant de longues années, il avait œuvré sans relâche, soutenu par son seul frère Épiméthée.

Petit et massif, ce dernier était tout en chair, avec un visage arrondi aux traits enfantins, enfoui sous une tignasse rousse. Son opposé en tout.

Pauvre Épiméthée. Il n'avait rien achevé dans sa vie : ni ses études, ni ses amorces de création artistique. Peintures et dessins gisaient en vrac dans une pièce dépotoir de sa maison, avec les feuillets entremêlés de ses livres incomplets et les fragments de ses sculptures. Pour autant, Épiméthée n'avait rien jeté. Il était attaché à ce qu'il appelait en s'esclaffant ses « ébauches », et continuait de se croire promis à une évidente destinée créatrice.

Cette destinée était survenue sous une forme inespérée et inattendue. Pandore.

Pour Épiméthée, Pandore était un don du ciel. Par elle, tout lui était donné. Il était difficile de croire en une telle prédilection. Les dieux auraient-ils ainsi voulu pallier sa nature si peu gâtée ?

Prométhée se souvenait avec précision du soir de son arrivée. Elle avait demandé à lui parler et, les yeux baissés, lui avait remis une lettre. Affaiblie, maladive, trempée jusqu'aux os de pluie et de larmes, un filet de sang coulait le long de sa joue. Elle s'était blessée en descendant d'un train, avait-elle balbutié confusément.

Malgré ses guenilles délavées, ses cheveux ébouriffés, le sang brouillant son teint, Prométhée l'avait vu aussitôt. Elle était belle. Non comme les femmes qu'il connaissait, en vertu de codes établis et du regard conforme des hommes.

Sa beauté était sculpturale, intemporelle, imprégnée d'autres époques, d'autres lieux.

Elle avait des formes épanouies, une chevelure brune aux reflets cuivrés, un visage à l'ovale arrondi, des pommettes saillantes, des yeux en amande d'un marron clair mêlé de vert, une bouche bien dessinée, un nez droit dont l'arête rejoignait le front. Un profil singulier que Prométhée avait vu sur certaines peintures et sculptures anciennes.

Elle était curieusement vêtue : une robe trop longue, une sorte de manteau froissé flottant comme un voile autour d'elle, des sandales lacées autour de ses chevilles. D'insolites bijoux aux oreilles, au cou et aux bras. L'ensemble était d'un vert émeraude mêlé de brun, d'orangé et de jaune, déclinant les couleurs de la nature d'automne.

Ce qui avait intrigué Prométhée, plus qu'il ne se l'avouait, c'était l'ambivalence qui émanait d'elle : à la fois vive, énergique, sûre d'elle, et abattue, désorientée, découragée.

La lettre qu'elle lui avait remise venait de son père, un chercheur d'un pays du Sud. Il l'avait rédigée peu avant sa mort, le priant de prendre soin de sa fille. Pandore avait rajouté qu'elle cherchait un lieu où vivre et gagner sa vie. Prométhée lui avait alors proposé de travailler dans son laboratoire. Elle avait accepté.

Puis il l'avait confiée à son frère. Lorsque Pandore avait levé les yeux sur Épiméthée, celui-ci avait répondu à son regard, interloqué. Avec sa prestance, son rayonnement, sa force, elle était le don qu'il espérait depuis toujours. C'était la force surtout qui avait captivé le faible Épiméthée.

Il s'était empressé de mettre à sa disposition une chambre, la plus belle de sa demeure, qui avait une large terrasse et donnait sur un jardin. Cette maison appartenait à Prométhée, mais ce dernier n'y venait que rarement.

Depuis ce jour, Pandore partageait leur vie. Devenue la compagne d'Épiméthée, nul ne se posait de question à son sujet, ni ne lui en posait, auquel cas elle n'y aurait pas répondu.

De son passé, Pandore n'avait rien révélé. À son arrivé, elle avait pour unique bagage un sac en toile. Outre quelques vêtements et objets divers, il contenait un coffret en argent, muni d'une minuscule serrure, et dont le couvercle bombé était incrusté de pierres précieuses. La clé qui le verrouillait était suspendue à une chaînette en or dissimulée sous ses vêtements.

La première chose qu'elle avait faite en s'installant dans sa chambre fut de camoufler le coffret dans le tiroir d'une commode.

Mais le regard perçant de Prométhée avait aperçu le coffret et la chaînette. La clé également, dont l'or était si éclatant qu'il attirait irrésistiblement les yeux. Lorsqu'elle s'était penchée pour déposer son bagage, la chaînette avait glissé par-dessus sa robe. Elle l'avait aussitôt remise à sa place, d'un geste prompt.

Fasciné par Pandore, Épiméthée n'avait rien vu. Il avait cru ingénument qu'elle lui était destinée par les dieux. Il s'était occupé d'elle avec empressement, pudeur et délicatesse. Des aspects de sa personnalité que ne lui connaissait pas Prométhée. Toujours présent pour elle, il ne quittait plus son voisinage proche.

CHAPITRE II

Ainsi était survenue une chose improbable pour tous les occupants du laboratoire. Pandore et Épiméthée paraissaient se plaire. Du moins, se répétait Prométhée, elle ne l'avait pas repoussé, comme tant de femmes avant elle, moins éclatantes et attrayantes.

Peu à peu, l'improbable était devenu une certitude. Pandore et Épiméthée étaient de plus en plus proches. Quoique discrets, ils parlaient ensemble, riaient ensemble, prenaient leurs repas ensemble, passaient leurs nuits ensemble.

En les croisant, Prométhée percevait leur complicité. Épiméthée frôlait les cheveux de Pandore de sa main pataude qui se faisait légère comme un papillon. Il lui jetait des regards dont l'impétuosité révélait l'inconcevable.

Épiméthée attirait Pandore. Lui, objet de moquerie et de raillerie depuis son enfance, semblait avoir éveillé le cœur distant de cette femme, surgie d'un monde inconnu. Pandore. Son nom lui-même ne signifiait rien dans leur langue, il était issu d'une vieille légende.

Avec son orgueil coutumier, Prométhée s'était contraint à ne rien exprimer qui pût faire accroire aux deux nouveaux amis qu'il leur portait quelque intérêt. Il lui était impossible de négliger l'essentiel : sa mission. Il se devait exclusivement à ses recherches, à l'humanité et la civilisation. Dans la solitude du créateur, où nulle femme ne saurait avoir de place.

Nulle femme, fût-elle Pandore, ne retarderait le déroulement et l'échéance de sa découverte.

Du reste, le temps passant, il avait cessé de la voir. Elle était devenue une femme banale, compagne éphémère d'Épiméthée.

Il lui était d'autant plus aisé de l'oublier qu'elle s'était composé une apparence quelconque. Elle avait changé de vêtements, de coiffure, portant désormais ses cheveux coupés court.

Réservée, elle sortait peu, flânait aux alentours, allait de la maison au laboratoire, se retirant souvent dans sa chambre ou sur la terrasse. Elle avait renoncé à porter ses bijoux.

Seule restait suspendue à son cou la chaînette en or. Prométhée la distinguait parfois, lorsque, la croisant, elle ne portait pas d'écharpe. Il se rappelait alors le coffret qu'il avait aperçu le soir de son arrivée. Pourquoi en gardait-elle la clé en permanence à son cou ? Une clé d'or qui semblait provenir de chez un joaillier réputé tant la facture en était raffinée ? Que recelait ce coffret qu'elle dérobait à tous les regards ?

Sans doute quelque secret de famille ou souvenir du passé. Des lettres et photographies. Ou un journal intime tel que les femmes en rédigent souvent, qui devenait leur unique trésor lorsque la vie les condamnait à la précarité. Pandore faisait partie de ces errantes qui traversaient les frontières étanches et finissaient par échouer dans un lieu, trouvant un compagnon, un toit, un soutien. Elles s'installaient et ne se déplaçaient plus, de crainte de se retrouver à nouveau esseulées, démunies, sans protection. De surcroît, Prométhée n'avait distingué que brièvement les pierres du couvercle : il se pouvait qu'elles ne fussent pas précieuses.

Épiméthée avait une compagne. Il n'y avait pas de quoi fouetter un chat ! Il rit soudain en se représentant la scène. Celle-ci accrut sa gaieté, et il rit de plus belle, incongrument. Cela ne lui arrivait jamais. Tout séduisant qu'il fût avec sa taille élancée, sa chevelure dorée, son visage aux traits fins, Prométhée, le jeune génie, se laissait rarement aller au rire.

Il était arrivé à la porte arrière du laboratoire. Son rire s'apaisa.

Pourquoi pensait-il à Pandore ? Pourquoi son image le traversait-elle si fréquemment, malgré lui ? Serait-il envieux ? Jaloux ? Jaloux de son frère, lui ? Épiméthée, cet enfant irresponsable et insouciant, qui vivait dans le présent sans penser au futur, qui avait toujours compté sur lui, résidé dans son ombre, marché dans ses empreintes. Une femme qui s'entichait d'un tel homme était-elle digne d'intérêt ?

Il sortit de sa poche un porte-clés en cuivre. Saisissant la plus petite, il la tourna dans la serrure. La porte était si lourde qu'il dut la repousser de ses deux bras.

« Enfin, j'approche… », murmura-t-il avec jubilation.

Le grand soir était arrivé. Épiméthée était seul dans le secret. Prométhée lui avait fait prêter serment, il ne soufflerait mot à quiconque. Trop flatté et ravi d'être le premier homme à tester la découverte de son frère.

Derrière l'édifice, s'étendait un lac dont on distinguait à peine les rives dans la pénombre. Au milieu, un îlot de verdure dissimulait une bâtisse en forme de cube, percée de larges baies vitrées. Son domaine personnel, ignoré de tous.

La petite île avait un aspect étrange, presque irréel. Les branches des arbres s'inclinaient sur le lac. Leur ombre vacillante se profilait à la fois dans l'eau et les vitres du cube. Au crépuscule, la réalité en était brouillée.

« Un autre monde, se dit Prométhée avec fierté, le mien... ». Nul n'avait le droit de franchir cette porte ni de se rendre sur l'île. C'était la limite impénétrable de son univers.

Il ébaucha un sourire. Jeune, débordant d'énergie, admiré de tous, libre de ses actes, de ses créations, expériences, réalisations, il était résolu à lutter contre l'ignorance, l'insuffisance et l'aveuglement qui réduisaient les humains au pire. La souffrance, la maladie, la vieillesse, la mort sinistre qui survenait à l'issue d'une vie de misère, sans avoir vécu ni accompli sa destinée.

À quelques pas, une barque était amarrée à un ponton. Les exhalaisons de la nature, l'eau fraîche, les fleurs capiteuses, la terre âcre gorgeaient l'air. Pourtant, il ne les sentait pas. Il ne distinguait pas davantage les rafales de vent sillonner l'eau, les frondaisons des arbres osciller. Il n'entendait pas les craquements des branches, les cris des oiseaux, les bruissements indéfinis de la nature.

Il ne voyait que le gros cube, dont les contours luisaient dans l'ombre. Le cube, son œuvre. Il l'avait fait ériger en grand secret. Ouvriers et artisans avaient été payés grassement. En contrepartie, ils ne révéleraient jamais son existence ni son emplacement. Tout avait été conçu parfaitement pour lui permettre de réaliser sa mission.

Lui, dont tous raillaient le zèle et la ténacité lorsque, jeune homme encore, il consacrait son temps à lire et écrire, au mépris de tout divertissement, toute beuverie ou rencontre avec des femmes. Les femmes : si futiles et insignifiantes. Avides de sentiments, de sensations, d'émotions qu'elles appelaient « amour ». Avides de dominer les hommes avec leur pauvre pouvoir de séduction, leur charme de pacotille. Et de réduire en esclavage les malheureux qui se laissaient enchaîner par les fugaces soubresauts de leurs sens et leurs plaisirs.

C'était cela que Prométhée désirait révéler aux humains : la vraie vie. La vie de l'esprit, la pensée créatrice, le feu qui embrasait les profondeurs de l'âme.

Lorsqu'il monta dans la barque, la nuit était presque tombée. Il faisait doux. Une douceur printanière où tout était en genèse, en germe, prêt à être fécondé. La douceur initiale après la rigueur hivernale.

Ramant avec vigueur, satisfait de sentir ses muscles disciplinés, sous le contrôle de sa volonté, il s'approchait rapidement de l'île.

Lorsque la barque atteignit la berge, il l'attacha à une souche d'arbre puis sauta avec souplesse à terre. L'île était plus vaste lorsque l'on s'y trouvait, envahie par une végétation dense. Une petite boule rougeoyante clignait entre les arbres.

Écartant les buissons touffus sur son chemin, Prométhée parvint au pied du cube. Il en longea la façade. Une vitre réfléchissait sa silhouette. Il s'arrêta pour la regarder.

Sophistiquée et étrange, avec ses gants d'un cuir si fin que l'on eût dit une seconde peau qu'il portait pour ne pas abîmer ses mains, son écharpe vaporeuse qui s'enroulait et se déroulait sous l'effet du vent, son manteau aux plis raffinés, son pantalon coupé dans une étoffe satinée, ses élégantes bottines. L'alliance de matières et de teintes à la fois sobres et vives.

Une porte se découpait dans le cube. Il tourna une clé dans la serrure et entra. Une seconde porte donnait sur une vaste pièce, entourée de plusieurs petites chambres.

La pièce centrale était le cœur du cube, le lieu secret où il travaillait. Des tables hautes et étroites s'y alignaient. Sur chacune d'elles, s'accumulaient de nombreux instruments et un écran lumineux monté sur un pied argenté. Aux murs, des rayonnages étaient envahis de bouteilles, flacons, fioles qui renfermaient des substances, mixtures et mélanges. Une étiquette en indiquait le contenu précis. Dans un renfoncement, sur une tablette, un minuscule réchaud dérobé aux regards.

C'était son univers, dont il connaissait le moindre détail. Là où il concevait, élaborait, créait, où il anticipait et prévoyait tout, jusqu'à la perfection.

On lui avait souvent opposé que la perfection n'existait pas, que le perfectionnement était aléatoire, et les humains d'essence imparfaite, ce qui faisait leur humanité. Que l'acceptation de cette limite évitait les égarements, les utopies, les croyances outrancières qui altéraient la vérité et s'ensuivaient de désillusions, d'effondrements, de chutes douloureuses. Que ne lui avait-on allégué ? Que tout désir de perfection et de perfectionnement était désir de mort ! Que les dieux seuls étaient parfaits.

Cependant, il doutait que les dieux fussent fiables. En tout cas, ils ne semblaient guère intervenir dans la vie des humains. Ne valait-il pas mieux compter sur la puissance créatrice de l'esprit aux ressources infinies ?

Dehors, il faisait de plus en plus sombre. C'était l'instant fugitif qui unissait le jour et la nuit, la lumière et l'ombre. Un moment qui lui était toujours favorable. Un moment privilégié où il se sentait invincible et tout devenait possible.

Cette nuit, dans la pièce centrale d'une blancheur immaculée, il allait amorcer l'œuvre de sa vie. Une œuvre salvatrice pour l'humanité.

Épiméthée se soumettrait à l'essai initial du breuvage qu'il avait inventé et élaboré. Une médecine universelle qui apaiserait l'intolérable souffrance des humains, dont l'esprit et l'intelligence étaient limités dans leurs ambitions par une injuste déficience du cerveau.

Il lui avait fallu dix années d'une quête acharnée pour le découvrir et le concevoir. Dix années de solitude féconde et créatrice, où avaient alterné les balbutiements de la gestation, les illusions et désillusions, les espoirs et désespoirs. Jusqu'à l'ultime révélation.

L'élixir de feu !

Né du feu de l'astre glorieux qui gouvernait toute destinée : le soleil. Sans lui, rien ne serait visible, manifeste, rien n'aurait pu naître, se réchauffer, être nourri, fécondé. La nuit serait totale et permanente.

Son élixir recelait la puissance du soleil, ce feu du ciel, cette flamme du divin. Par ses bienfaits, l'humanité effectuerait un pas de géant, la civilisation s'illuminerait.

Lui aussi, Prométhée, ajouterait sa pierre au temple de la vie.

Chapitre III

Un bruit sourd résonna. Prométhée se dirigea à grandes enjambées vers la porte du cube et l'ouvrit. Épiméthée se tenait sur le seuil, un sourire complice sur les lèvres. Il était le premier à pénétrer dans le cube.

Confiant en son frère, il ignorait encore précisément ce qui surviendrait cette nuit.

Il était vêtu avec négligence, d'étoffes grossières. Un pantalon large, éraflé par endroits, un chandail élimé d'une couleur indéfinie. De veste point. Des chaussures de sport et une casquette crânement plantée sur sa tête ronde.

Quoique sympathique, Prométhée se demandait encore comment Pandore était devenue sa compagne.

Mais que savait-il des relations entre hommes et femmes ? Il n'avait connu que des femmes de passage. Quelques nuits ternes, oubliées sitôt achevées. Les femmes lui demeuraient étrangères, car inaccessibles par la raison et l'entendement.

Or, Prométhée était dominé par la pensée. Même s'il prenait grand soin de son corps et offrait au monde une apparence irréprochable, ce n'était que par discipline et dignité. Il devait aux humains cette image raffinée, en ce qu'elle incarnait la civilisation.

– Entre, dit-t-il à Épiméthée.

– J'ai hâte... bredouilla celui-ci.

Il le regardait avec une joie enfantine. Depuis toujours, il l'admirait sans retenue. Prométhée sentait cette admiration. Elle l'aidait, le soutenait, le stimulait, sans qu'il en eût conscience, centré sur lui-même et ses capacités, obnubilé par la grandeur de sa mission.

Épiméthée ne se lassait de le dévisager, se dandinant d'une jambe sur l'autre.

– On y va ? finit-il par dire.

– Oui, répondit Prométhée, vaguement irrité. Mais n'oublie pas ! Tu es le premier homme à subir ce traitement ! Je t'ai parlé de ses effets bénéfiques. Toutefois, des complications peuvent toujours survenir.

– Quelles complications ? demanda Épiméthée avec inquiétude. Tu ne m'en as jamais parlé !

– Rien de grave, rassure-toi.

– Ah bon… Dans ce cas, allons-y !

– Suis-moi.

Il lui désigna en passant la chambrette où il séjournerait quelques jours après l'essai. Épiméthée y déposa son bagage, puis emboîta le pas à son frère dans la pièce blanche vivement éclairée. Il regarda autour de lui avec excitation.

– Quel lieu, quel lieu ! s'exclama-t-il en s'installant dans le fauteuil que lui indiqua Prométhée. Si j'avais pu imaginer cela, mon frère ! Et tout cela est à toi, pour toi ?

– Pour mes recherches, pas pour moi !

– Cependant, tu y passes une grande partie de ton temps…

– Oui, j'y ai ma chambre, comme tu le sais. Détends-toi à présent. Nous allons bientôt commencer.

– Cela ne me fera vraiment pas mal ? lui demanda encore Épiméthée enfoncé dans son fauteuil, les jambes ballantes.

– Je te l'ai dit mille fois. Tu me fais confiance, n'est-ce pas ?

– Pardonne-moi, mon frère. Bien sûr que je te fais confiance.

Il continuait de regarder autour de lui, ébloui et impressionné par ce frère inaccessible qu'il ne comprenait pas tout en l'admirant sans mesure.

Il l'était, admirable ! Intelligent, beau, libre, les dieux lui avaient prodigué tous les dons. Alors que lui, Épiméthée, en avait si peu.

Mais bientôt, il serait un autre homme. Si Prométhée était un génie, lui était le compagnon envié et enviable de cette femme éblouissante, Pandore, qui l'avait choisi.

À l'instar de son frère, il deviendrait intelligent et brillant. Son esprit s'éveillerait. Certainement, il ne serait jamais l'égal de Prométhée, chez qui l'esprit et l'intelligence étaient naturels. Mais il serait plus séduisant aux yeux de Pandore. Assez peut-être pour la garder.

N'avait-il pas surpris certains regards troublés qu'elle jetait furtivement à Prométhée ?

C'était pour cela qu'il avait insisté pour que l'essai se fît rapidement. Il avait hâte d'être différent, pour rendre hommage à Pandore et se l'attacher.

Prométhée apprêtait la salle. L'élixir était prêt. Mais il requérait toute son attention, une extrême vigilance, d'infinies précautions, une habileté quasi surhumaine pour être manié, une quantité imperceptible de l'un des ingrédients qui le constituaient pouvant le dégrader, voire en anéantir les effets.

Subjugué, Épiméthée le regardait s'activer devant une table, semblable à un dieu antique, une mèche de ses cheveux dorés folâtrant sur son vaste front. « Comme il est beau, se dit-il avec désolation, trop beau... Pourquoi lui et pas moi ? Nous sommes jumeaux. C'est injuste ! ». Cette nuit, un peu d'équité serait rétablie.

Prométhée se penchait sur une coupe en cristal pur. Il y avait versé plusieurs substances et les avait mêlées.

Puis, il avait pris sur une étagère, avec délicatesse, une fiole qui se trouvait à l'écart des autres et ne portait pas d'étiquette. Petite, de forme arrondie, elle était d'une teinte cuivrée dont l'opacité celait le contenu.

Elle contenait l'élixir de feu.

Du feu, il y en avait une infime quantité sous la forme d'or liquéfié. La matière la plus incorruptible : l'or de l'esprit, l'or du divin, l'or de l'éternité. C'était le premier secret de son élixir. Il était le seul à y avoir pensé. Le second serait manifeste dans quelques instants.

Cet élixir était destiné à transformer les humains en profondeur. Ses effets, il les avait éprouvés sur des animaux durant la longue période de gestation et de recherche. Ils s'étaient avérés bénéfiques pour le cerveau et la faculté de penser. Une infime goutte de l'élixir diluée dans les autres substances rendrait Épiméthée plus intelligent et spirituel.

Il eût préféré que le premier homme à l'absorber ne fût pas son frère.

Mais Épiméthée était le seul en qui il avait pleinement confiance pour un essai initial, le seul auquel il pouvait faire goûter cette alliance de substances inédite et novatrice. En effet, n'étant pas intelligent naturellement, Épiméthée s'avérait le sujet idéal pour expérimenter son breuvage.

Il pourrait ainsi évaluer aisément les effets de l'élixir, et estimer si celui-ci tiendrait ses promesses.

Avant d'exécuter le geste décisif, Prométhée hésita insensiblement.

Cette expérience serait-elle bonne et juste pour Épiméthée qui allait, par l'effet d'un artifice, être radicalement transformé, acquérir des aptitudes plus étendues ? Était-ce sa destinée ? Était-ce la destinée de l'humanité ? Pouvait-on en hâter artificiellement la croissance ? En avait-on seulement le droit ?

L'élixir de feu, lorsqu'il serait connu, se propagerait comme une traînée de poudre à travers le monde. Qu'allaient faire les humains de cette révélation ? Sauraient-ils l'utiliser à des fins justes, bénéfiques au progrès, sans douleur, ni conflit, ni violence ?

Quelle cruelle responsabilité pour un seul homme ! Avait-il le droit de se substituer aux dieux de la sorte ? Et pourquoi lui ? Quel dessein inavoué et inavouable l'entraînait à faire évoluer les humains, à les désirer plus intelligents ?

Quelle mouche l'avait piqué adolescent, lorsqu'il s'était engagé dans cette voie hors du commun ?

À cette période de leur jeunesse où Épiméthée se contentait de vivre, sans se poser de question, ne suivant que ses humeurs et fantaisies, lui, Prométhée, voyait déjà ses semblables souffrir mille maux, subir mille épreuves, s'entredéchirant et se blessant sans fin.

Son intuition était née de cette vision de la souffrance humaine. Il s'était dit qu'avec une intelligence plus étendue, les humains deviendraient plus conscients de leurs actes, plus responsables, aptes à répondre avec justesse aux multiples et complexes sollicitations de la vie. Plus solidaires, ils s'entraideraient, se comprendraient et collaboreraient pour créer une civilisation brillante et stable.

C'est ainsi qu'il s'était attelé à cette tâche ambitieuse. Les temps étaient venus pour l'humanité de se libérer de l'inertie délétère qui menaçait sa pérennité. À défaut, elle disparaîtrait, périssant de ses violences, ses barbaries, ses archaïsmes, son absence d'esprit. Celui-ci devait régner en souverain. L'esprit de feu, l'esprit du ciel, l'esprit divin.

Or, le cerveau était le réceptacle matériel de l'esprit. Prométhée avait donc commencé par l'exploration du cerveau. Précise, détaillée, impartiale. Comme tout chercheur qui se respecte et respecte l'objet de son exploration, il avait foré les abysses du cerveau pour en déceler l'origine, la teneur, la finalité, et en extraire l'essence.

Il avait découvert que l'esprit, jailli du ciel, s'était projeté dans le cerveau humain, et avait crû, mûri, évolué peu à peu pour devenir ce remarquable outil de pensée. Cependant, cet outil recelait des failles, dangereuses et menaçantes pour la vie. Encore immature, faible et vulnérable, il devait être renforcé et raffermi. Capable de dépasser la dimension fatale et mortelle qui assujettissait les humains à la terre. Capable de soumettre celle-ci à leur volonté, leurs désirs, leurs besoins. Capable d'embrasser l'univers et ses énigmes, jusqu'à l'insondable mystère de la vie elle-même.

Noble tâche, but glorieux ! Les humains, depuis toujours esclaves de la terre et de la loi inexorable de la vie, en deviendraient les maîtres absolus !

Il était vraiment trop injuste que les créatures élues par les dieux, lesquels leur avaient insufflé une étincelle de leur essence divine, en fussent réduites à courber l'échine et à ramper sur une terre qui leur imposait ses règles. Même si celle-ci les nourrissait, elle le faisait avec trop de parcimonie. Il était temps de lui arracher définitivement ses secrets, de fouiller ses entrailles pour lui subtiliser ses matériaux les plus immuables et précieux.

Grâce à la connaissance distillée par l'élixir, les humains allaient maîtriser, contrôler, circonscrire la nature et ses démesures, ses excès, ses imprévus, ses impondérables, ses extravagances, son irrationalité. Le cerveau aux possibilités élargies placerait toutes ses manifestations sous sa férule.

Prométhée avait tenu la promesse qu'il s'était faite dans sa lointaine jeunesse.

Cette nuit, il en scellerait la première pierre angulaire.

Par les effets de l'élixir sur le cerveau qui celait l'esprit, ce dernier deviendrait infini, se transmettrait de génération en génération, de civilisation en civilisation, par une régénération continue, un élan irrésistible vers les sommets.

Triomphant de tous les antagonismes, son élixir mènerait les humains jusqu'à la maîtrise de la mort, ce châtiment inéquitable qui les frappait. Jusqu'à l'immortalité.

Alors, ils n'auraient plus besoin des dieux.

Chapitre IV

Prométhée allait entamer la dernière étape de l'opération. C'était le second secret de l'élixir, la révélation, l'inspiration foudroyante qui l'avait sauvé lorsque celui-ci n'avait pas eu les effets escomptés. Prométhée avait alors tenté l'impensable : le chauffer à une température précise durant un temps défini. Le soumettre à l'épreuve du feu.

Il réalisa cette opération sur le réchaud dissimulé au regard d'Épiméthée. Ce dernier attendait patiemment dans son fauteuil, sa casquette sur les genoux.

Lorsque Prométhée eut achevé, il lui tendit la coupe.

— Vide cette coupe lentement, lui intima-t-il. Prends garde, le breuvage est chaud.

Obtempérant, Épiméthée vida le contenu de la coupe, puis rendit celle-ci à Prométhée.

— En effet, confirma-t-il en s'essuyant la bouche de sa manche, c'était chaud. Faut-il toujours boire ce breuvage chaud ?

— Oui et non, répondit négligemment Prométhée qui ne voulait révéler ce procédé à Épiméthée. Cela dépend. Mais cela n'a pas d'importance. C'est le mélange surtout qui importe.

— Je ne ressens rien encore, constata Épiméthée, enorgueilli d'avoir été le premier à tester l'élixir créé par son frère, et d'avoir un tel frère, une telle destinée.

Il se leva en se rengorgeant.

— Suis-moi, lui dit Prométhée. Tu vas rester quelques jours en observation dans ta chambre.

— Pourrai-je me promener sur l'île ? demanda Épiméthée, intimidé.

— Bien sûr ! As-tu prévenu Pandore ? Que lui as-tu dit au juste ?

— Quelques mots. Mais, comme elle travaille au laboratoire, elle se doute de quelque chose.

– De quoi se doute-t-elle ? Une femme, surtout une femme comme elle, ne doit pas être trop informée. Tu imagines aisément les conséquences que cela pourrait avoir. Cette découverte n'est pas encore publique. Je te remercie d'avoir voulu te prêter à cet essai, mais il vaut mieux rester discret et prudent pour l'instant. Tu comprends ?

– Oui, bien sûr, bredouilla Épiméthée, penaud. Tu as raison, je n'y avais pas pensé. Rassure-toi, je ne lui ai dit que le nécessaire, pour justifier mon absence.

– Bien, je t'en remercie.

– C'est moi qui ne te remercierais jamais assez... murmura Épiméthée d'une voix soudain affaiblie.

Sur un signe de Prométhée, il se leva et le suivit dans la chambre où il avait déposé ses affaires. Il s'étendit sur le lit et s'endormit aussitôt.

Prométhée l'examinait avec une attention soutenue, les yeux mi-clos, le front plissé. Épiméthée dormait paisiblement, un vague sourire aux lèvres.

Qu'était-il survenu ?

Il avait exécuté tous les gestes nécessaires à l'opération, mais sans conscience, comme si un autre agissait à sa place, avait pris le contrôle de ses actes.

Quittant la chambre, il retourna dans le laboratoire. Il n'avait pas rêvé. La coupe vide était là, près du réchaud éteint. Il la nettoya soigneusement et la rangea à côté de flacons vides.

À présent, il ne restait qu'à attendre.

Il sortit du cube. La lune pleine rayonnait vivement à travers les frondaisons. Les yeux levés vers le ciel, Prométhée tentait de distinguer l'astre féminin dans sa plénitude.

Il fit le tour de l'île, soupirant d'un soulagement profond. Les dieux lui étaient favorables.

Même s'il était allé trop loin sur le chemin ébauché pour lui, cela lui serait remis lorsqu'ils en saisiraient la portée. Non seulement ils l'absoudraient, mais ils le couronneraient. Peut-être lui octroieraient-ils même cette chose inconnue et indéfinie à laquelle il aspirait avec nostalgie depuis toujours.

À présent qu'il l'avait extraite de lui sous la forme de l'élixir, ils devraient la lui rendre achevée et complète.

L'eau qui encerclait l'île frémissait, agitée d'insensibles remous. Tout scintillait et clignait : la lune, les étoiles, le cube, la surface argentée du lac.

Tout vibrait de manière inaccoutumée.

Prométhée dénoua son écharpe et la jeta dans le lac d'un geste ample. Le serpent d'étoffe sinuait et se frayait un passage entre les replis de l'eau, s'étirant, se rétrécissant, se gonflant puis sombrant inéluctablement.

L'écharpe avait disparu dans les limbes du lac. Des poissons la contourneraient peut-être, ou des volatiles plongeraient leurs becs effilés dans l'eau et la déchiquetteraient avant qu'elle n'atteignît le fond.

Cela n'avait plus d'importance. Les dés étaient jetés.

Qu'adviendrait-il si Épiméthée demeurait lui-même et ne présentait aucun signe de transformation ? Si l'élixir ne répondait pas à ses attentes ?

Prométhée enfouit son visage dans ses mains. Il ne distinguait qu'une noirceur rayée de formes vagues. Après quelques instants, il aperçut une figure.

Soudain, il la vit : la femme, la rejetée, l'exclue, celle qui ne comptait pas, celle qu'il n'avait accueillie que fortuitement, parce qu'Épiméthée la désirait, et qu'il avait besoin d'Épiméthée. Pandore.

Il la voyait au-delà de ses yeux fermés, de ses mains repliées, avec une netteté saisissante. Voilée de brume, fausse, illusoire, charmeuse.

Rouvrant ses yeux, il se redressa résolument. Épiméthée et lui étaient dorénavant liés par sa découverte. Aucune femme ne dénouerait ce qui avait été noué cette nuit. Aucune femme n'aurait jamais accès à son élixir.

Il retourna dans le cube, ouvrit la porte de la chambre où sommeillait son frère. Tout allait bien. Épiméthée paraissait paisible et serein. Dans le cas, peu probable, où le premier essai ne serait pas concluant, il resterait le second.

En effet, une seule absorption du breuvage n'était pas suffisante pour en maintenir durablement les effets. Il devait être absorbé une deuxième fois, à l'issue de trois années.

Aussi, Prométhée n'avait-il pas soumis l'élixir à un feu trop intense. Celui-ci serait chauffé à une température supérieure lors de la seconde prise. Ses effets seraient alors décisifs et irréversibles.

Désormais, il tenait dans le creux de sa main la destinée des hommes qui absorberaient l'élixir de feu.

La chambre de Prométhée s'étendait sur toute une largeur du cube. Elle était tapissée d'un rouge profond sillonné de raies dorées. Les meubles étaient en bois d'ébène, lisse et brillant.

Le fond de la pièce était occupé par un lit à barreaux noirs façonnés avec art, entouré de voilages d'une teinte ambrée. Dans un angle, un salon, modèle de raffinement, composé de fauteuils tendus de riches étoffes et d'une table ronde où trônait une écritoire ancienne couverte de carnets de notes. Dans l'autre, une armoire dont le haut était recourbé en arc de cercle. Le long des murs, des rayonnages débordaient de livres, des plus anciens et rares aux plus actuels. Le sol était revêtu de tapis de soie aux tons pourpres rehaussés de motifs argentés.

À côté du lit, une épaisse tenture noire dissimulait une porte. C'était la sortie privée de Prométhée, qui donnait directement sur l'île.

En face, dans une encoignure, un passage obscur menait à une petite pièce glaciale : la chambre secrète. C'était là que Prométhée celait, dans des fioles alignées sur des étagères, une abondante réserve de l'élixir de feu qui ne pouvait être conservé qu'à une température très basse.

Il jeta un coup d'œil dans la pièce. Les murs épais et nus en entretenaient l'extrême froideur, l'isolant totalement. Il frissonna. Il aimait cette impression, si exaltante, d'être seul au monde. D'être le premier humain, ou le dernier.

L'image du serpent qui se mord la queue traversa furtivement son esprit. Immense, se profilant sur un ciel radieux, replié sur lui-même avec souplesse et abandon, il était infini.

CHAPITRE V

Épiméthée émergeait lentement de son sommeil. Il se sentait épuisé, comme s'il avait erré des heures sous un soleil de plomb sans une goutte d'eau pour étancher sa soif. Toutefois, son esprit était vif et lucide.

Il se souvint. La veille, il avait bu la mixture élaborée par Prométhée. Puis il s'était endormi instantanément. À présent, il était éreinté physiquement, mais son esprit éveillé regorgeait de pensées et d'images dont il ne parvenait pas à maîtriser l'intensité. Quel tourbillon ! Il se demandait s'il avait agi à bon escient en se livrant à cette expérience et en faisant aveuglément confiance à son frère, aussi admirable fût-il !

Au prix d'efforts pénibles, il parvint à se lever. Au mur était fixé un miroir où il pouvait se voir de plein pied. Il n'avait pas changé. Ni beau ni laid : quelconque. Un brin enfantin, avec son air bonhomme et réjoui, ses cheveux roux bouclés encadrant son visage rond.

Jusqu'à présent, il ne s'était jamais observé avec attention.

« Que suis-je pour elle ? », se demanda-t-il soudain, songeant à Pandore. « Pourquoi m'a-t-elle choisi ? Moi et pas mon frère ? Serait-ce que... ». Il passa et repassa sa main sur son menton, puis se frappa subitement le front. Pour la première fois, il s'interrogeait avec froideur sur Pandore et Prométhée.

Ce dernier avait toujours été l'esprit brillant, étincelant, relié au divin, et lui le corps, le cœur, l'instinct, la vie dans ses aspects naturels.

Il avait toujours abandonné à Prométhée les questionnements épineux et ardus, les doutes et les incertitudes, les hauts et bas entraînant l'esprit dans le labyrinthe intérieur où règne le monstre primordial, mais d'où l'on s'extrait libéré et grandi. Les errances dans les méandres de la nature humaine et de la nature divine, souvent en conflit, les paradoxes de la pensée qui considérait simultanément le bien et le mal, l'obscur et le lumineux, avide de choisir l'un ou l'autre, mais impuissante à adopter l'un sans sacrifier l'autre sur l'autel de la raison.

Poursuivant son investigation, il décela une étincelle au fond de ses prunelles.

Il se redressa et se tint droit, solidement planté sur ses jambes. Brusquement, il avisa que ses pantalons étaient trop longs et traînaient par terre. Avait-il rapetissé ou ne s'en était-il jamais aperçu, indifférent à son apparence ? Il détailla ses membres. Ses bras également étaient plus courts. Les manches de son chandail couvraient ses mains.

Était-ce dû au breuvage de Prométhée ? Comme cette étincelle dans ses yeux qui rendait son regard plus aiguisé ? Se pourrait-il qu'il devînt aussi intelligent que Prométhée ? Qu'il se hissât au même niveau que lui ? Qu'il obtînt sa place à ses côtés et cessât de vivre dans son ombre ?

Pandore l'en aimerait-elle davantage ? Mais, l'aimait-elle seulement ? L'avait-elle jamais aimé ? Ne s'était-il pas leurré dès le début ? Cependant, si elle ne l'aimait pas, pourquoi avait-elle accepté d'être sa compagne ?

Il se rassit, les yeux gonflés de larmes. Aveugle, il n'avait rien vu, rien perçu, rien compris. Il s'était contenté de mener une vie banale, sans esprit, sans création, titubant dans les empreintes des pas de Prométhée. Il s'était laissé porter par lui, vagabondant avec insouciance, éternel enfant, naïf et crédule, qui croyait être aimé de la plus enchanteresse, Pandore.

Mais Pandore ne l'aimait pas.

Il tournait en rond à travers la pièce, trébuchant sur ses pantalons, les bras ballants, les nerfs à vif, se jugeant avec une implacable lucidité.

Était-ce cela, la conscience ? Et si oui, en quoi était-elle bienfaisante ? Meilleure que la légèreté et l'insouciance qui avaient été siennes jusque-là ? Elle ne lui apportait que douleur, déchirement, troubles physiques avec son horrible migraine, la boule irritante au creux de son estomac, son cœur palpitant.

Il eût peut-être mieux valu demeurer comme il était : entiché de la vie, goûtant avec appétence ces petits riens qui en faisaient la saveur, se satisfaisant d'être, de se livrer pleinement à d'heureux instants ?

C'était si bon de se sentir libre, de vagabonder dans la nature, d'en savourer les charmes variés, d'en admirer les beautés illimitées, sans souci du lendemain ni crainte de l'avenir. Il avait découvert tant de lieux, flâné dans de curieux villages, parcouru des villes regorgeant de surprises.

Que de joies et de bonnes heures perdues !

Jamais, il ne vivrait plus à sa guise. Jamais, il ne recouvrerait cette euphorie de la liberté, cette jubilation des rencontres inattendues, des élans passagers, des échanges piquants avec des inconnus.

Jamais, il ne verrait plus Pandore telle qu'elle lui apparaissait lorsqu'il se croyait aimé d'elle.

CHAPITRE VI

Prométhée était sur le seuil de la porte, élégant et raffiné comme à son habitude.

Sans feinte ni mondanité, sans conformité aux modes qui contraignaient les humains à rivaliser entre eux, au mépris de leur vraie nature.

Épiméthée se détourna, une rougeur montant à son front. Face à son frère, il se sentait misérable.

— Épiméthée, l'interrogea ce dernier, qu'as-tu ? Tu vas bien ? Tu as passé une bonne nuit ? Comment te sens-tu ? Parle, je te prie ! J'ai besoin de savoir ! Retourne-toi, je ne peux pas te voir.

— Ne t'inquiète pas, grommela Épiméthée en se tournant vers lui. Je réfléchissais...

— Toi, réfléchir ?

— Cela t'étonne, n'est-ce pas ! Figure-toi que je n'ai cessé de réfléchir depuis que je me suis réveillé ! À tel point que j'en ai la migraine ! C'est bien ce que tu avais prévu, non ?

— C'est donc... que l'opération a réussi et que les premiers effets se manifestent... balbutia Prométhée avec une ardeur contenue. Épiméthée, nous avons réussi !

— Oui, rétorqua Épiméthée avec aigreur, « tu » as réussi !

— Sans toi, Épiméthée, je n'aurais rien pu réaliser. Tu as pris un grand risque en te soumettant à cet essai, en étant le premier homme à absorber mon élixir.

— Ton élixir ! riposta Épiméthée avec morgue. Ton élixir... À présent, il coule dans mes veines, il imprègne mon cœur, il affecte mon cerveau, et...

— ... il te fait réfléchir ! N'en es-tu donc pas heureux ?

— Non ! Cela fait des heures que des pensées douloureuses se bousculent dans ma tête, que j'examine ma vie avec clarté. Je vois ce que je n'ai jamais vu auparavant. Et cela me fait mal ! Prométhée, je ne suis pas sûr qu'il faille donner ton élixir à d'autres hommes !

– Comment ? Que dis-tu ? s'écria Prométhée d'un ton péremptoire. Rassure-toi, ce ne sont que les premiers effets. Bientôt, tu prendras l'habitude de penser, de considérer les choses différemment. Et tu y prendras même goût. Tu ne me crois pas ? Tu as l'air sceptique...

– Je le suis ! À quoi cela va-t-il servir ? C'est cela que tu veux donner aux humains ? La peine, la souffrance, le désespoir ? Un regard dur et implacable sur eux-mêmes et le monde ?

– Tu ne saisis toujours pas ! Les premières désillusions passées, grâce à leur esprit éveillé, leur intelligence étendue, les hommes amélioreront leur vie, celle de leurs semblables, celle des autres espèces vivantes, celle de la nature. Ne vois-tu pas qu'un monde idéal s'ébauche ? Le paradis retrouvé !

– Si tu le dis... maugréa Épiméthée avec une ironie qui ne lui était pas coutumière.

– Je te comprends. Il est difficile d'ouvrir les yeux. Et davantage encore de se livrer à la transformation, à la nouveauté, de jeter aux ornières tout ce en quoi l'on a cru. Aussi, je te suggère de demeurer dans cette chambre aussi longtemps que tu le souhaiteras. Pandore en sera informée.

– Pandore... l'interrompit Épiméthée avec une grimace. Pandore ! Elle ne s'inquiète pas de moi !

– Que dis-tu ? Pandore demandera sûrement de tes nouvelles. Je te porterai tes repas moi-même. Tu peux sortir sur l'île, mais seulement au crépuscule ou en restant à l'ombre. Tu es encore vulnérable. Il ne faut pas t'exposer au soleil.

– Je me sens inquiet, Prométhée...

– Tu n'as pas à t'inquiéter. Soit tu continueras à te transformer et cette angoisse que tu ressens se muera en énergie créatrice. Soit tu redeviendras comme avant.

» Il reste trois années avant la seconde absorption de l'élixir.

– Bien... Qu'il en soit donc selon ta volonté...

– Repose-toi à présent.

» Il y a de nombreux livres dans cette armoire. Choisis ceux qui t'attirent. Nous en parlerons lorsque tu les auras lus.

– Moi, lire ? s'écria Épiméthée d'un ton incrédule. Moi qui n'ai jamais aimé lire ni m'instruire !

– Pourquoi pas ? Essaie du moins ! Tu verras bien ce qui te conviendra ! As-tu faim ?

– Non, et cela m'étonne !

» J'espère que j'aurai faim !

– Tu seras affamé, sois-en certain.

Épiméthée se retrouva seul en proie à son désarroi. Il était terriblement maladroit, cherchant ses mots, tâtonnant pour penser avec justesse. Il devait avant tout réfléchir à Pandore. Ce qu'il avait perçu ne manquait de le bouleverser, le plongeant dans une troublante insécurité, lui qui s'était toujours senti protégé. Il n'aurait jamais dû accepter de boire l'élixir de Prométhée.

Mais s'il ne l'avait pas bu, il n'aurait jamais su, compris, souffert. La souffrance, voilà ce qu'il découvrait...

Il avait entendu les autres en parler. Il l'avait même perçue chez Prométhée, dans les plis de son front, dans l'expression soucieuse de son beau visage lorsqu'il travaillait avec acharnement à sa découverte. La sueur trempait alors ses mèches blondes qui retombaient sur son visage crispé. Ses longues mains racées tremblaient sous l'effet de la concentration lorsqu'il versait une substance dans un flacon, se plissant soudain, semblables à celles d'un vieillard.

Quoique rayonnant de beauté et d'intelligence, Prométhée n'avait pas vécu. Pourtant, son esprit était vieux de siècles de connaissance et de quête des mystères de l'univers. Comme c'était étrange et inquiétant de déceler la complexité et les ombres de Prométhée, qui lui était toujours apparu auréolé de lumière.

Il serra les poings, écorchant la peau de ses mains, les ongles plantés dans sa chair. Quand il les ouvrit, ses paumes étaient criblées de traces rouges, des gouttes de sang suintaient.

Soudain, il se souvint de ce jour où, enfant encore, il avait jeté à Prométhée une pierre. Ils étaient au bord d'une rivière, Prométhée assis sur un rocher, plongé dans un livre, tandis qu'il s'amusait à faire ricocher sur l'eau des cailloux plats. Brusquement, l'un d'eux avait dévié, frappant la tête de Prométhée. Ce dernier avait simplement essuyé le sang, sans cesser de lire. Relevant brièvement la tête, il lui avait jeté un coup d'œil irrité, comme l'on regarderait un enfant dissipé et insignifiant.

Épiméthée s'était senti péniblement coupable, de même qu'humilié et honteux. Coupable parce qu'il avait visé mal et que sa pierre avait blessé ce frère distant et lointain qui consacrait tout son temps à ses livres et ses explorations. Humilié et honteux, car Prométhée n'avait pas réagi, comme si Épiméthée n'existait pas ou était invisible. Celui-ci eût préféré des cris ou des coups bien mérités, une quelconque expression de colère. Mais Prométhée ne se mettait jamais en colère contre lui.

Il se contentait de hausser les épaules, un sourire ironique aux lèvres.

« Il est si supérieur ! », se dit Épiméthée avec amertume, avant de se rendormir d'un sommeil agité.

À son réveil, il ne savait combien de temps il avait dormi. Il se leva, épuisé et accablé, tituba vers la fenêtre dont les rideaux étaient tirés. Il les ouvrit, jeta un coup d'œil à l'extérieur. Le soleil se couchait. Quoique fourbu, il était affamé. Durant son sommeil, Prométhée avait déposé un plateau de nourriture sur la table.

« Il pense toujours à tout, il prévoit tout ! », se dit Épiméthée en se jetant sur le plateau dont il engloutit le contenu avec voracité.

À cet instant, la porte s'ouvrit et Prométhée entra.

— Alors, lui demanda-t-il, tu as mangé ? Tu avais très faim, n'est-ce pas ! C'est ta fatigue extrême qui te donne faim. Ton énergie naturelle est en train de se transformer en énergie artificielle, sous l'effet de l'élixir. Ta faim sera insatiable au début, car les forces cérébrales et physiques doivent s'équilibrer. Mais cela passera. Je l'avais prévu !

— Tu prévois toujours tout, non ? ironisa Épiméthée. Et si quelque chose ne se déroulait pas comme tu l'avais prévu ?

— Ne t'inquiète plus. À présent, je peux t'assurer avec certitude que tout se déroulera à la perfection. Patiente encore quelques jours. Alors, l'expérience aura atteint sa pleine maturité.

— Dis-moi, as-tu parlé à Pandore ? Qu'a-t-elle répondu ?

— Je lui ai dit que tu étais avec moi, que nous travaillions ensemble quelques jours, que j'avais besoin de ton aide.

— Elle a dû trouver cela suspect ! Tu n'as jamais eu besoin de moi auparavant et nous n'avons jamais vraiment travaillé ensemble !

— Calme-toi. Je lui ai précisé que c'était une circonstance particulière. Elle n'a posé aucune question. D'ailleurs, il vaut mieux qu'elle ne sache rien. Plus tard, peut-être... Lorsqu'elle s'apercevra du changement qui s'est produit en toi.

— Bien, consentit Épiméthée avec complaisance. Mais que vais-je faire à présent ?

— Continuer à te reposer. Tu m'indiqueras régulièrement comment tu te sens et ce que tu ressens. Cela te convient-il ?

– Ai-je le choix ?

– Tu l'avais, mais tu ne l'as plus. Mais bientôt, tu iras mieux. Je te laisse. J'ai encore de nombreuses choses à faire.

– Je m'en doute ! Surtout, ne m'oublie pas !

– Sois sans crainte, comment le pourrais-je ? Tu es le premier homme à avoir absorbé mon élixir...

CHAPITRE VII

Épiméthée dormait de moins en moins. Il méditait sur son avenir, commençant à l'envisager sous des angles inédits. C'en était effrayant. Il ne se reconnaissait pas.

Son esprit était de plus en plus clair, froid, impartial. Il se rapprochait de Prométhée, éprouvant le besoin d'être conforté par lui. Par ailleurs, il le cernait et le comprenait mieux, et désirait partager avec lui ses idées et réflexions nouvelles.

Prométhée lui avait expliqué que l'élixir ne serait accessible qu'aux hommes, les femmes n'en ayant pas besoin. Épiméthée était consterné et choqué pas cette exclusion des femmes. Il se demandait avec inquiétude ce que ressentirait Pandore à cette nouvelle. Les femmes appartenaient à l'humanité au même titre que les hommes. Pourquoi Prométhée les excluait-il de ce qui lui était le plus précieux, son élixir ?

Ces interrogations le torturaient chaque jour davantage. Pourquoi son frère n'avait-il jamais été vu en compagnie d'une femme ? Pourquoi n'y avait-il jamais eu de présence féminine dans sa vie ? Ni compagne, ni amie, ni même collaboratrice ?

Prométhée ne paraissait pas davantage se souvenir de la première femme qui avait marqué sa vie : leur mère. Celle qui les avait conçus, soignés, protégés. Morte alors qu'ils n'étaient encore que des enfants, elle avait été remarquablement présente durant leurs premières années. Elle les avait aimés tous deux d'un amour égal, suivant Prométhée d'un regard indulgent lorsqu'il s'éloignait d'elle. À sa disparition, la conduite de Prométhée avait frappé Épiméthée. Il l'avait vue mourir sans un geste, sans un mot, sans une larme. Puis il avait disparu sitôt sa mise en terre. On l'avait retrouvé assis à sa table de travail, devant un livre ouvert, tentant de déchiffrer des formules mathématiques. Peu après, il s'était plongé dans les recherches, sans partager la souffrance de son père et son frère.

« Pourquoi, Prométhée, mon frère, pourquoi... », soupirait Épiméthée en se remémorant avec affliction cet épisode de leur enfance. « Durant ces longues années de solitude, pourquoi nulle femme n'a-t-elle pu t'arracher ne fût-ce qu'un sourire, éveiller une lueur d'intérêt dans tes yeux indifférents ? Pour quelle sombre raison t'es-tu infligé un tel isolement, un tel retrait de la communauté des humains ? Te crois-tu si différent des autres hommes ? Crois-tu la femme si différente, étrangère, ennemie ? Que sais-tu seulement des femmes ? Du lien qui peut se tisser entre l'homme et la femme ? Du sentiment qui peut les lier ? ».

Il brûlait de poser ces questions à Prométhée, mais ce dernier les balayerait d'un revers de la main, comme il chasserait une mouche agaçante. Cela ne lui avait jamais effleuré l'esprit, ou s'était évanoui en lui, étouffé par le serpent géant dont il rêvait si souvent enfant et qui l'éveillait, tremblant d'effroi.

À l'instar de toutes les femmes, Prométhée avait ignoré Pandore. Aussi, s'était-elle tournée vers lui, Épiméthée. Peut-être ne l'avait-elle côtoyé que pour demeurer auprès de Prométhée, dans son sillage. L'aimerait-elle secrètement ? Si cela était, il ne s'en remettrait pas et regretterait toute sa vie d'avoir bu cet élixir.

Malheureusement, pas davantage que Prométhée, Pandore ne répondrait à ses questions, n'apaiserait les doutes poignants qui lui arrachaient des larmes. Insaisissable et mystérieuse, elle garderait à jamais le silence.

Prométhée notait avec satisfaction les effets de son élixir sur Épiméthée. Il lui consacrait plusieurs heures chaque jour, l'interrogeant sur des sujets divers dont ce dernier ignorait tout. Mais sa pensée plus vive lui permettait d'y répondre de manière appropriée. Il était bien toujours le même, mais il jetait sur la vie un regard plus acéré et pénétrant. Il lui arrivait même de regretter le temps qu'il avait gaspillé à vivre dans une puérile insouciance.

À présent, son avenir lui appartenait, ne dépendant que de lui. Pour la première fois, il se sentait seul. Ployant sous le poids d'un fardeau trop lourd, son dos commençait à se voûter.

Il lui semblait parfois que sa tête enflait jusqu'à éclater.

Il était sans cesse assailli de pensées inédites, de questions sans réponse, de doutes et d'incertitudes mêlés d'une vague culpabilité.

– Il n'y a pas de certitude absolue, lui répétait Prométhée. Le doute est signe de conscience, d'intelligence.

» Il engendre la quête, la recherche, l'exploration et la découverte. Tout doute appelle la manifestation de la vérité. Le doute est à la fois une chose et son contraire. Et la vérité gît, indistincte, entre ces opposés, attendant de jaillir ! Comprends-tu ?

– Non, je l'avoue, répondait Épiméthée, embarrassé. Mais j'espère comprendre un jour...

– Tu comprendras lorsque tu en feras l'expérience !

– Que les dieux t'entendent... chuchotait Épiméthée, un peu effrayé.

Le jour où il quitta le cube, il eut enfin le courage de poser à Prométhée la question qui ne cessait de le harceler.

– J'ai une question importante à te poser, mon frère, qui ne me laisse aucun répit. Elle concerne les femmes. Pourquoi n'ont-elles pas droit à l'élixir ? Et Pandore...

– Que veux-tu dire par « et Pandore » ? l'interrompit Prométhée brusquement.

– Qu'adviendra-t-il de Pandore et des femmes en général ?

– Elles resteront telles qu'elles sont et ont toujours été ! Je te l'ai répété maintes fois, elles n'ont pas besoin de l'élixir. La femme est essentiellement mère, au service de la filiation.

– Mais Pandore n'a pas d'enfant !

– Raison de plus ! Les femmes sont égoïstes, irréfléchies, instinctives...

– Pandore n'est pas telle que tu décris les femmes ! rétorqua Épiméthée.

– Tu te trompes, elle est semblable aux autres ! Les femmes pensent avec leurs entrailles, leur instinct. Elles sont en contact avec la matière, le tangible, la réalité concrète. Spéculer n'est pas de leur ressort. Ce sont les hommes qui inventent, fondent, échafaudent, élaborent le monde, avec ses règles, ses lois, ses systèmes. Les femmes peuvent assurément les assister dans les aspects matériels de la vie, mais elles sont inaptes à développer une vision vraie, juste et claire de la civilisation. Leur instinct, leur sentiment, leurs émotions sont prépondérantes. Elles sont à la place qui leur a été attribuée de tous temps, Épiméthée, laisse-les y !

– Soit, convint Épiméthée avec complaisance. Mais Pandore me posera des questions lorsque je la reverrai. Que lui répondrai-je ?

– Que tu t'es soumis à une expérience, et que cette expérience s'est avérée une réussite. Que d'autres hommes après toi s'y soumettront pour permettre à l'humanité de progresser.

CHAPITRE VIII

Pandore écouta les explications d'Épiméthée sans broncher.

Il était devenu distant, peu enclin à converser avec elle. Chaque jour, il passait de longues heures avec Prométhée. Tous deux s'isolaient, et Pandore ne parvenait à surprendre le moindre mot de leurs entretiens.

En dépit de leur enthousiasme et de leur exaltation, Pandore avait du mal à croire en la transformation d'Épiméthée, lequel lui apparaissait comme une pièce rapportée.

Tout comme elle doutait de la justesse et du bien-fondé de l'acharnement de Prométhée à faire progresser l'humanité. Elle y décelait quelque chose de faux, d'excessif qu'elle n'eût su définir avec précision. Prométhée ne lui paraissait pas guidé par un élan désintéressé, mais par une volonté insane de dominer et d'étendre sa puissance sur l'humanité.

Un soir, seule dans sa chambre, elle se risqua à détacher de son cou la chaînette où était suspendue la petite clé d'or. Puis, elle retira du fond de la commode son coffret.

Éblouie, elle le contempla indéfiniment. C'était une merveille, une œuvre d'art, le vestige prestigieux d'un autre monde, l'unique richesse de son père qu'elle avait emportée en quittant son pays.

Sa mère était morte dans son enfance, et son père était un médecin talentueux, ainsi qu'un chercheur d'exception, quoique considéré par les autres comme insensé. À l'instar des anciens magiciens qui espéraient transformer le plomb en or, découvrir une pierre qui les rendrait immortels, ou réaliser quelque œuvre ineffable qui échappait au sens commun.

Des années durant, son père l'avait initiée à ses étranges travaux, dans le secret d'une grotte où l'on accédait par une galerie souterraine à partir de son cabinet de travail.

La grotte donnait sur une vaste plage de sable fin et doré.

Au-delà, la mer bleutée s'étendait à l'infini, les vagues se balançaient avec langueur, leur frange scintillant au soleil comme un col de dentelle. Ses eaux étaient si claires et pures que l'on y apercevait les ombres des créatures aquatiques qui s'ébattaient à la surface et en taquinaient la quiétude.

Chaque fois que Pandore contemplait le coffret, son âme s'éveillait à cette image perdue de la mer. Cette mer qu'elle scrutait avec ravissement de la grotte où opérait son père.

Bien que ce dernier ne fût pas reconnu par ses semblables, il n'en continuait pas moins de se consacrer à ses recherches avec passion. L'admiration des autres lui importait peu. Il était comblé de sonder les mystères de la terre, des métaux précieux, des pierres qui en rehaussaient la beauté.

À l'opposé de Prométhée, il n'avait pas la moindre ambition pour l'humanité, ni ne désirait propager le fruit de ses intuitions. Sa sagesse lui évitait les effets désastreux, funestes ou nuisibles que pouvait avoir sur des hommes ignorants et cupides toute découverte.

Seules, comptaient pour lui la contemplation, l'exploration, la connaissance de la terre, de ses richesses, ses joyaux, ses prodiges. Il était avant tout un contemplatif et un mystique, qui avait appris à Pandore à communier avec la nature, ses formes et langages variés, à percevoir au-delà des apparences son essence et ses abysses, et à en honorer tous les occupants, aussi infimes fussent-ils.

Pandore n'avait jamais oublié cette leçon inestimable : le respect absolu dû à la vie, à la fois dans sa grandeur et sa petitesse.

À la mort de son père, les habitants du lieu, la sachant seule et sans protection, avaient pénétré dans leur demeure pour tout passer en revue, dans un accès de vile curiosité, exprimant ainsi leur suspicion à l'encontre de cet homme humble et différent.

Avec l'aide d'amis sûrs, Pandore avait pu s'enfuir en empruntant la galerie menant à la grotte, n'emportant que son coffret et quelques lettres de son père adressées à des connaissances lointaines, dont Prométhée faisait partie. Elle avait embarqué sur un bateau et quitté précipitamment sa terre natale.

Pandore souleva le somptueux couvercle avec un frémissement nostalgique. Il était façonné avec une finesse d'orfèvre, incrusté de fragments de pierres précieuses, l'ensemble ceint d'une tresse dorée.

Son père l'avait finement tissée en utilisant des feuilles d'or.

À l'intérieur, étaient encastrés huit boîtiers clos. Les quatre premiers renfermaient des plantes séchées, plantes rares qui ne croissaient et ne murissaient que dans la terre de son pays. Leur nom était gravé dans le bois du coffret. Pandore en connaissait avec précision les propriétés et les usages. Son père les lui avait fait répéter des mois durant avant sa mort. Tout comme elle connaissait les mélanges riches et variés que ces plantes permettaient de réaliser, et dans quels cas les utiliser.

Dans le cinquième boîtier, se trouvait une pierre noire, à l'ovale parfait. « C'est une image de ton âme, lui avait déclaré son père avec un sourire énigmatique, ton trésor le plus précieux... ».

Elle ne comprenait pas en quoi cette pierre était liée à son âme.

Soupirant, elle ouvrit le sixième boîtier et en examina le contenu.

C'était une lourde pièce de monnaie d'un métal cuivré inconnu. « Quel étrange objet, pensa-t-elle en la serrant dans sa main, à la fois froid et chaud ... ».

Les deux derniers boîtiers contenaient chacun un bijou inestimable, l'un un collier de bronze orné de figurines délicatement ciselées, l'autre une bague d'or rehaussée d'un cristal blanc parfaitement transparent.

« Ils viennent de la nuit des temps, lui avait dit son père. Ta mère les a eus de sa propre mère, elle-même les détenant de sa mère. Ils ont été ainsi transmis de femme en femme. Ils te reviennent de droit. Ne les porte que lorsque tu auras rencontré l'homme à qui tu donneras ta confiance. »

Enfin, au creux du coffret, un mécanisme ingénieux, sous la forme d'une minuscule manette, actionnait l'ouverture d'un double-fond. Là, nichait le trésor le plus précieux.

Une petite fiole ravissante, de couleur verte aux reflets changeants, emplie d'un liquide argenté. « C'est une substance que j'ai élaborée à partir d'un métal précieux fluide », furent les derniers mots prononcés par son père avant sa mort. « C'est ce que je possède de plus rare, Pandore. Aussi, n'en abuse pas. Une goutte infime suffit à... ». Il n'avait pu achever sa phrase.

Prenant la fiole avec douceur, elle la serra contre son cœur, la pressa contre ses lèvres, s'interrogeant sur les derniers mots de son père. Découragée, elle la remit à sa place, referma le coffret et l'enfouit dans la commode.

Elle entendit plusieurs coups frappés à la porte. C'était Épiméthée. Il se tenait sur le seuil, la regardant sans la voir.

– Te voilà ! lui lança-t-il négligemment. J'espère que je ne te dérange pas, mais j'ai quelques mots à te dire. Nous allons poursuivre l'expérience de Prométhée. Mes amis ont accepté de faire le même essai que moi. Je serai donc absent quelques jours. Peux-tu t'occuper du laboratoire pendant ce temps ? Tu connais les personnes qui y viennent. Tu peux tout organiser, n'est-ce pas ?

– Oui, consentit Pandore en faisant mine de bâiller.

Il la quitta sans un geste ni un sourire. Sa transformation était à présent manifeste. Bien que Pandore ne l'aimât pas, il avait été pour elle un ami dévoué, généreux, réconfortant, et sa présence lui manquait.

La nuit suivante, elle rêva de Prométhée. Il s'agrippait aux flancs d'une montagne escarpée, le corps écorché, le visage ensanglanté, gémissant de douleur. Au sommet, un aigle géant paraissait l'attendre, les ailes déployées.

CHAPITRE IX

Les amis d'Épiméthée étaient arrivés. Ils furent conduits sur l'île et installés chacun dans une chambre, après que Prométhée leur eut fait prêter serment de garder le silence sur le lieu où ils séjourneraient.

Outre Épiméthée, ils seraient les premiers hommes à être transformés par les vertus de l'élixir. Natifs du même pays que Pandore, ils étaient frères et avaient pour noms Amalthée, Althée, Aris et Cypras. Amalthée était féru de sciences, Althée passionné de technique, Aris de peinture et Cypras, musicien, jouait de la flûte. Aucun d'eux n'avait dépassé la moyenne en son domaine.

Amalthée était l'aîné. Dix ans le séparaient de Cypras, le cadet. Althée avait deux ans de moins que lui, et Aris trois. Quoique différents, ils se ressemblaient par leur allure dégagée et pleine d'entrain, leur taille élancée, leur corps athlétique, leurs cheveux bruns, leur visage ouvert et franc, leurs yeux noirs, leur nez qui joignait leur front en une ligne droite.

Chacun d'eux absorba quelques gorgées de l'élixir et regagna sa chambre. Les jours suivants, Épiméthée notait les diverses étapes de leur évolution, et Prométhée les voyait régulièrement, s'entretenant avec eux. Leur pensée se développait au même rythme que celle d'Épiméthée. Ils posaient de multiples questions et s'éveillaient progressivement à des problèmes complexes. Leur vision du monde et de la vie changeait.

Eux aussi furent assaillis de doutes et de questions inquiétantes. Mais cela faisait partie intégrante du processus d'élargissement de l'esprit, et Prométhée les réconfortait en permanence.

Quiconque lui eût dit qu'il était habité par un orgueil démesuré lui eût paru insensé. Il ne l'eût pas cru, tant il se sentait invincible, soutenu par les puissances occultes, transcendantes et divines auxquelles il devait son élixir.

Il était à mille lieues d'imaginer que de grands yeux en amande l'épiaient à son insu, avec une vigilance soupçonneuse.

En effet, un soir où elle était tourmentée, Pandore avait découvert au fond du laboratoire une vitre dissimulée par d'épais rideaux. Elle les avait machinalement tirés, et avait vu soudain Prométhée marcher sur l'île.

Elle ignorait que celle-ci était habitée, n'ayant jamais distingué le cube enfoui au cœur de la végétation. Épiméthée lui avait expliqué que le laboratoire privé de Prométhée se trouvait en un lieu qu'il était nécessaire de tenir dissimulé.

Aussi, en apercevant ce dernier sur l'île, ne put-elle s'empêcher de le suivre du regard. Il parcourait son domaine avec fierté, la tête relevée vers la cime des arbres, ses cheveux dorés flottant au vent, une écharpe au cou, dont les reflets moirés évoquaient les écailles d'un serpent.

Le contraste que Pandore percevait en lui n'avait de cesse de l'intriguer. Cette conjonction d'élégance, de raffinement, de séduction, et de repli sur soi, de fermeture aux autres, de concentration exclusive sur ses recherches. Tel un archange déchu, il semblait avoir perdu toute sensibilité. Rigide et irréductible, il ne vivait que pour parfaire l'intelligence des hommes. Plutôt que réveiller leur humanité.

Or, ce dont les humains avaient besoin, était de reconnaître ou de recouvrer leur part humaine, celle qu'ils couraient le danger de perdre en la négligeant, la niant, la dilapidant. De trouver l'intégrité de leur être, la voie de leur âme, leur vrai chemin, étroit peut-être, mais resplendissant lorsque l'on y marchait d'un pas ferme et assuré. Se surpasser et dépasser une humanité qu'ils n'avaient pas encore accomplie, paraissait à Pandore absurde, voire dangereux.

Soudain, elle vit Prométhée s'arrêter, fixant un point noir dans le ciel, encore indéfini. Celui-ci s'approchait à vive allure. Bientôt, il ne fut qu'à quelques mètres de la plus haute cime d'un chêne. Frappée, Pandore colla son visage à la vitre.

C'était un aigle, d'autant plus insolite qu'il n'y avait pas de rapaces en ce lieu. Sa venue provoqua une vive agitation parmi les oiseaux qui s'envolaient de toutes parts et se réfugiaient dans les feuillages. Seul, Prométhée ne paraissait pas alarmé à sa vue. La main au front, il suivait avec attention son vol majestueux.

L'aigle planait au-dessus de l'île, les yeux perçants, le bec dirigé vers lui. Il allait piquer lorsqu'il se détourna brusquement, reprit de la hauteur et disparut aussi rapidement qu'il était apparu.

CHAPITRE X

Les quatre frères sortaient du cube et montaient dans la barque, accompagnés par Épiméthée. Leurs yeux brillaient d'une joie pétulante. Ils échangeaient des propos exubérants et enthousiastes. Une nouvelle vie commençait pour eux.

Dans son cube, Prométhée attendrait avec patience que leur état le confortât dans ses attentes et ses espoirs.

Épiméthée déjà l'avait stupéfié en entamant l'étude des mathématiques avec une aisance incroyable. Cela les avait considérablement rapprochés, tout en éloignant Épiméthée de Pandore.

Quoique ne souhaitant pas le départ de cette dernière, en ce qu'elle lui était utile dans son laboratoire, Prométhée préférait soustraire son frère à son influence. Il la considérait comme une nature manipulatrice, au charme trop singulier pour être une épouse et une mère conformes.

Or, n'était-ce pas la destinée immuable des femmes, générée par les dieux eux-mêmes ? Soutenir les hommes sur leur chemin de croissance ? Elles qui avaient à foison cette tendance à suivre, et à s'adapter à ce qu'on leur dictait ? En contrepartie, elles régentaient leur demeure, y ordonnant et organisant la vie concrète, y éduquant les enfants, dans la sécurité et le confort.

N'était-ce pas là une destinée enviable ? Protégées des conflits du monde, de ses problèmes complexes, des principes fondateurs à concevoir, des lois et règles à élaborer et renouveler, des soubresauts qui bouleversaient toute stabilité sitôt établie, de la vie avec ses complications, ses blocages, ses arrêts intempestifs, ses retours en arrière, ses sauts vertigineux dans l'inconnu, elles n'avaient nul besoin d'y participer et d'y sacrifier leurs forces.

Épiméthée et lui étaient enfin de vrais frères. Ce dernier ne dilapidait plus son temps à se divertir, à se distraire, à rire avec ses amis, se jouant de tout, s'adonnant aux plaisirs de la vie, se livrant à des facéties qui lui valaient sans doute la sympathie de tous, mais également leurs moqueries.

Devenu grave, appliqué, réfléchi, il prenait désormais la vie au sérieux.

Tout se passait comme Prométhée l'avait prévu. Dans quelque temps, il rendrait sa découverte publique et présenterait au monde les cinq hommes qui avaient absorbé l'élixir de feu.

Au début, personne ne saisirait la portée et le sens du « feu ». Celui-ci était le reflet impénétrable de son esprit, cet écho divin qui recelait la puissance de l'astre solaire et celle des cieux.

Plus tard, lorsque d'autres le seconderaient dans sa mission, il choisirait scrupuleusement ceux à qui il révélerait cet ultime arcane.

Chapitre XI

Ce jour-là, lorsque les journaux parurent, un coup de tonnerre ébranla le monde. Des éclairs fusèrent à travers le ciel, la pluie cingla la terre. L'univers de la science et de la recherche était frappé de stupeur.

Certains présageaient la révolution qui s'ensuivrait et transformerait radicalement le monde et la vie. D'autres, envieux, faisaient la moue en posant mille questions. D'autres encore, plus rares, y discernaient une source infinie de désastres.

Qu'un homme seul eût bénéficié du privilège d'une telle découverte dans le plus grand des secrets, qu'il eût tenté l'expérience sur des humains, et que ces essais eussent été concluants, était loin de les convaincre du bien-fondé de son élixir.

Celui-ci n'était-il pas le fait des élucubrations d'un esprit dérangé, malade, altéré par des chimères grotesques ? En outre, Prométhée n'avait-il pas expérimenté sa découverte sur des hommes dotés naturellement de talents qu'il lui avait suffi de stimuler ? Épiméthée lui-même n'était-il pas son frère jumeau, engendré par les mêmes parents, tous deux nés sous le signe du verseau connu pour son impétuosité tumultueuse, son inventivité excentrique et son énergie incontrôlable ?

Durant quelque temps, rien ne fut épargné à Prométhée : ni les arguments, les démonstrations, les raisonnements controversés, ni les doutes, les chicaneries, les critiques acharnées ; ni l'animosité la plus féroce ni l'admiration la plus élogieuse. L'enfer et le paradis paraissaient se répartir les esprits, les divisant farouchement.

Assuré de la justesse, de la vérité, de la grandeur de ce qu'il venait de révéler au monde, Prométhée laissait cette tempête se déverser, avec son lot de nuages sombres, de vents furieux, de pluies cinglantes, de tonnerre fracassant, d'éclairs fulgurants.

Seul dans son cube, il demeurait imperturbable et indéfectible.

Il arriva un jour où la tempête s'atténua. La rumeur déchaînée commença à se transformer en paroles pacifiées, proches de l'adhésion. Enfin, les derniers doutes furent levés, les ultimes oppositions vaincues.

Le grand nombre considérait désormais Prométhée comme un bienfaiteur, et son élixir comme le remède parfait aux erreurs, aveuglements et folies humaines. L'un après l'autre, les maîtres en sciences et techniques vinrent s'entretenir avec lui. Puis, ils s'assemblèrent en un lieu isolé, et y convièrent les souverains du monde, les dominants, dirigeants, tout-puissants.

À l'issue de cette assemblée, ils furent tous persuadés, séduits, captivés même, par la découverte de Prométhée. Et ils accordèrent à ce dernier toute latitude pour agir.

Rapidement, tout fut mis en œuvre pour que les hommes pussent absorber le fameux élixir. De nombreux centres furent implantés dans les villes importantes. Les premiers élus comptaient les chercheurs, penseurs, explorateurs et dirigeants les plus prestigieux du monde.

Pour sa part, Prométhée voyait, revoyait, analysait, examinait le moindre détail de l'opération. Il connaissait chaque homme qui prenait son élixir, et en vérifiait avec rigueur les effets sur lui.

Dès lors, l'élixir commençait à être dénommé « le nectar », ce breuvage des dieux antiques qui rend immortel.

Ce fut assurément une époque glorieuse pour l'humanité. Les effets de l'élixir s'avérèrent bénéfiques pour tous les hommes. Partout, l'on voyait s'éveiller l'esprit masculin et son extraordinaire intelligence, instaurant la paix, la tolérance, la justice.

Une lumière éclatante baignait le monde. Ceux qui n'avaient pas accès à l'élixir n'en étaient aucunement affectés. Leur attente déçue était circonscrite par la sagesse et la conscience des élus. Tous s'entendaient à améliorer la civilisation. L'énergie, la combativité, la pugnacité régnaient en maîtresses exigeantes mais justes.

De nombreuses cités prospéraient et s'enrichissaient, les campagnes se développaient, reliées à la terre par de fécondes racines. Les multiples tendances, propensions, aptitudes stimulées par l'élixir s'exprimaient, se manifestaient, s'incarnaient, se transformant en réalisations, édifications, créations d'une profusion illimitée.

La notion de « perfection » ou « perfectionnement » était devenue le maître mot, le concept prééminent qui soufflait sur l'humanité. L'homme bâtissait et ne détruisait plus. La construction alliée à la création devenait le fondement de son existence, auquel il se vouait avec une célérité croissante.

CHAPITRE XII

Trois années avaient passé. Prométhée était toujours aussi élégant et raffiné. Pas une ride ne creusait son beau visage. Cependant, en le considérant attentivement, l'on décelait en lui une expression nouvelle : son indéfectible assurance était altérée par une étrange faiblesse. Lorsqu'il marchait, son dos se courbait légèrement, comme s'il ployait sous un poids excessif de contraintes et de devoirs.

Certains soirs, en se promenant sur l'île, il ressentait une sorte de langueur. Il avait beau être relié à tous les progrès réalisés par les humains, aux développements, élaborations, édifications et créations dans les domaines variés de la vie, et répondre à tous les solliciteurs à l'instar d'un souverain, il surprenait en lui une certaine lassitude.

Il avait alors l'impression qu'il manquait quelque chose au remarquable accomplissement de son œuvre. Comme si son énergie de vie s'amenuisait, s'enlisant dans un vague sentiment d'absurdité.

Alors que le monde s'acharnait à échafauder, bâtir, construire, et que ses semblables l'assuraient de leur admiration et de leur foi illimitée dans son élixir, un abîme se creusait en lui, imperceptiblement.

Bien qu'il tentât de se conforter auprès des grands de ce monde qui le recevaient dans leurs royales demeures en égal, en frère, voire en père, lui exprimant inlassablement leur gratitude, cet ennemi intérieur n'en continuait pas moins de le harceler.

Chaque fois qu'il était de retour dans son cube, il se sentait vidé de l'essence indélébile de son être, en laquelle il avait eu si pleinement confiance.

À présent, elle lui semblait s'échapper de lui, le laissant désemparé, et cruellement incomplet.

Lorsque cette sensation lui devenait intolérable, il repartait en voyage, rencontrant tel dirigeant inattendu, tel chercheur éminent, tel poète visionnaire, visitant une construction originale, fixant son esprit sur un projet curieux, s'émerveillant d'une œuvre d'art impressionnante, ou d'une loi équitable, découvrant un esprit novateur bousculant les règles établies.

« Il n'y a pas de limites à l'esprit humain », se disait-il alors avec ferveur.

Sous peu, il lui faudrait présider à la seconde absorption de l'élixir. Épiméthée serait le premier à se soumettre à l'opération définitive. En revanche, les quatre frères, repartis dans leur pays, l'informèrent qu'ils ne voulaient pas en reprendre, sans donner d'explication à leur singulier refus.

Prométhée n'en fut pas affecté et n'insista pas. Tant d'hommes désiraient poursuivre cette aventure exaltante.

Secondant son frère avec un dévouement infaillible, Épiméthée parcourait le monde sans relâche.

Depuis qu'il consacrait sa vie à l'élixir de Prométhée, il ne s'inquiétait guère de Pandore. Il avait compris alors qu'elle ne l'aimait pas, et ne se souciait plus d'elle que par intermittences.

Un soir toutefois, de retour de voyage, il ressentit le désir de la revoir.

En arrivant dans sa chambre, il fut incapable de prononcer un mot. Il la reconnaissait à peine.

Non que son charme eût entièrement disparu, mais il était moins rayonnant, moins vibrant, comme terni.

Pandore lui déclara à voix basse que sa nouvelle apparence était adaptée à son existence, que celle-ci lui convenait parfaitement, et qu'ainsi, elle était une femme semblable aux autres.

L'extrême modestie de cette répartie ne ressemblait en rien à Pandore.

Mais Épiméthée n'eut pas le temps de s'appesantir sur cette curieuse transformation, ni même d'y penser.

Prométhée l'attendait dans la rue et le sommait de le rejoindre pour s'entretenir avec de jeunes chercheurs.

Pandore raccompagna Épiméthée sur le perron. Embarrassé, Prométhée fit mine de ne pas la reconnaître. La saluant avec froideur, il se détourna sans un mot.

En voyant Prométhée disparaître dans l'obscurité, Pandore se dit : « Un jour, il devra, lui aussi, affronter le vide qui l'habite, et l'évaluer à sa soif de dominer. Mort intérieure et toute-puissance sont sœurs... ».

DEUXIÈME PARTIE

LA REVANCHE DE PANDORE

CHAPITRE XIII

Depuis son arrivée, Pandore se contraignait à ne pas évoquer son passé, ni les figures qui le peuplaient. Mais, depuis quelque temps, l'image d'une ancienne amie de son père émergeait irrésistiblement de sa mémoire.

Elle s'appelait Almathia.

Elle vivait sur une île au large de son pays, où la mer de son enfance s'épanouissait au soleil.

Almathia eût pu être sa mère, cette mère qu'elle n'avait pas connue, morte peu après sa naissance. À défaut, elle avait été son « autre » mère, ainsi qu'elle l'appelait enfant. Rendant de fréquentes visites à son père, elle prenait soin de la petite fille qu'elle était alors.

Plus souvent encore, Pandore faisait des séjours sur l'île où elle vivait, dans sa maison située à la lisière d'un village, lovée dans un écrin d'herbes, de plantes, de fleurs et d'arbres typiques de cette région. Le village s'étirait sur un quart de l'île, le reste revenant à la nature, avec ses collines, ses champs et prés, ses bois et bosquets verdoyants, ses chemins serpentins, ses plages laiteuses.

Pandore se rappelait à présent cette maison avec une profonde émotion. Elle y avait sa chambre à l'étage, à côté de celle d'Almathia. Une troisième chambre demeurait vide, celle de l'enfant qu'Almathia avait perdue.

Mariée jeune à un marin qu'elle ne voyait jamais, de cette espèce de passionnés de la mer qui tenaient à peine debout sur la terre ferme, un enfant, une fille, était né une nuit d'orage. Comme à l'accoutumée, le père était absent. Les femmes du village l'avaient aidée à enfanter. Née sous d'heureux auspices, la petite gazouillait comme un oisillon.

Par malheur, à l'âge de deux ans, elle fut affectée d'une toux fatale qu'Almathia ne parvint pas à soulager, en dépit de sa connaissance approfondie des plantes et de leurs propriétés médicinales. Par ailleurs, l'on ne pouvait rien espérer des médecins. L'un d'eux venait de temps à autre sur l'île, mais son ignorance était telle que la plupart des femmes du village en savaient davantage que lui.

Une nuit, l'enfant toussa plus que de coutume et cracha du sang. Almathia appela à l'aide en vain. Il eût fallu un hôpital, un bateau pour la transporter de toute urgence sur le continent. Mais l'on n'avait rien de tout cela.

Aussi, l'âme de la fillette s'en alla-t-elle à l'issue d'une longue nuit, au milieu des sanglots et des prières. À l'aube, le soleil filtra à travers les volets, éclairant son visage exsangue. Une petite vie qui n'avait pas pu s'épanouir et croître avait été reprise.

Les funérailles avaient été à l'image d'Almathia : simples, sobres, vraies.

Le lendemain, Almathia avait décidé de quitter le marin insouciant, et de demeurer seule. D'autres femmes du village, épouses d'hommes qui passaient leur vie sur la mer, avaient choisi le même sort, soit qu'elles les eussent quittés, soit qu'ils fussent engloutis par les eaux.

Ces femmes vivaient de peu, des fruits de leurs jardins, de leurs arbres, des poissons et du fromage de brebis que les bergers de l'île fabriquaient. Une fois par mois, un bateau de commerce naviguant d'île en île accostait à l'embarcadère principal. Les habitants acquéraient sur ce marché flottant le surcroît nécessaire. Ce bateau les conduisait également sur le continent. Almathia l'avait souvent pris après la mort de son enfant, pour rendre visite au père de Pandore. Elle retrouvait en cette dernière la jeune âme disparue de sa fille.

Lorsque Prométhée avait divulgué au monde la découverte de son élixir, Pandore avait repris sa plume délaissée depuis son arrivée, et écrit spontanément à Almathia.

Dans ses courriers, elle lui avait décrit sa nouvelle existence. Sa rencontre avec les frères jumeaux, le mépris affiché de Prométhée à son égard, l'indifférence d'Épiméthée depuis qu'il avait absorbé l'élixir, cette découverte dont Almathia avait sans doute entendu parler, son travail dans le laboratoire de l'inflexible chercheur, « le sauveur de l'humanité », ainsi qu'on l'appelait et qui, dans son orgueil, le croyait.

Elle lui avait raconté par le menu comment elle s'était laissé réduire en esclavage en acceptant de travailler pour Prométhée et de vivre avec Épiméthée, joyeux et généreux certes, mais si crédule et inconséquent.

Comment ce breuvage avait été baptisé prétentieusement « élixir de feu » par Prométhée, lequel s'estimait investi d'une mission divine, alors qu'il n'était qu'un scientifique suffisant, replié sur lui, fasciné par sa personne, dépourvu du moindre amour de l'humanité !

Comment, enfin, tous ceux qui avaient bu ce malencontreux breuvage avaient vu leur esprit et leur conscience s'éveiller comme par magie !

Combien ils étaient dupes, tous, écoutant avec complaisance ce chant de sirènes qui, à force de flatter leur vanité et d'alimenter leurs illusions, les ferait sombrer sans coup férir au fond des eaux !

Au fur et à mesure de sa correspondance avec Almathia, l'amertume, la rancœur, la colère avait envahi Pandore. Un courroux de plus en plus violent, proportionnel à la manière dont elle se sentait négligée, niée, rejetée.

C'est alors qu'Almathia lui avait proposé de la rejoindre sur son île et d'y vivre dans sa maison, en attendant que le temps passe et que la vie se renouvelle. Elle lui avait tout particulièrement signalé l'arrivée d'une jeune femme abandonnée de tous, riche en facultés créatives, spirituelles, et prémonitoires. Une belle âme qui pourrait être pour elle une amie.

Il n'en fallut pas davantage à Pandore pour prendre sa décision. Elle organisa aussitôt son départ. En toute discrétion, elle rechercha les trains et bateaux qui la mèneraient sur l'île d'Almathia. Un premier train la conduirait à la frontière, une limite initiale qu'elle franchirait avec un grand soulagement. Ensuite, elle prendrait un second train, puis un bateau jusqu'à son pays natal. Enfin, le bateau de commerce la conduirait sur l'île. De son côté, Almathia avait organisé cette ultime traversée avec le vieux marin qui pilotait le bateau.

Sur l'île où elle avait été comblée enfant, Pandore oublierait peu à peu les frères jumeaux qui l'avaient méconnue, heurtée, blessée. Ce monde masculin qui lui avait brisé le cœur, déchiré l'âme, qui avait réduit à néant ses espoirs d'une vie nouvelle, différente, fertile en péripéties et en rencontres. La blessure la plus douloureuse étant l'assujettissement de sa riche nature féminine à cet univers indifférent et cruel, faisant d'elle une femme affligée, marquée, flétrie presque.

Et dire que celui qui avait perpétré cette infamie était le grand chercheur, l'inventeur de génie, le bienfaiteur des humains : Prométhée. Épiméthée n'en étant que l'instrument aveugle et crédule. Mais Prométhée, lui, agissait en toute conscience, ne laissait rien au hasard, faisait tout sciemment.

Sa haine et son refus de la nature et l'âme féminines avaient parachevé son grand œuvre : le déni et l'exclusion de la moitié des humains, les femmes. Celles-ci n'auraient jamais accès à son élixir. Ce qui ne manquerait de désunir davantage l'homme et la femme, et d'attiser l'opposition entre le masculin dominant et le féminin asservi.

Songeant à toutes les femmes qui subissaient ce sort injuste, réducteur, inique, Pandore était tentée de pousser un cri aigu et strident qui percerait les oreilles de Prométhée et le ferait rugir de douleur. Chaque fois qu'elle pensait à l'arrogant chercheur, elle surprenait en elle une tigresse enragée, sauvage, toute d'instinct, dont ce dernier serait la première victime.

Dans l'attente du train qui l'éloignerait enfin de ce lieu abhorré où elle abandonnait une part d'elle-même, Pandore se sentait plus que jamais victime de l'éternelle absence de reconnaissance des femmes, qui était essentiellement due à la déficience en sentiment des hommes. Ceux qu'elle avait côtoyés étaient consumés de désirs puérils et fugaces. Ils utilisaient la femme comme mère, soignante, intendante, servante ou prostituée, l'exploitant en toute bonne foi, abusant d'elle au point de dégrader son âme.

À défaut de reconnaître sa nature profonde : sa soif de liberté, de vie naturelle, de sentiment, son rythme singulier d'évolution. Et d'accepter une fois pour toutes qu'elle vécût à sa guise, enchantant le monde de ses grâces et de ses dons.

Pandore n'avait pas pu faire entendre à ces hommes combien les femmes étaient intimement blessées dans un tel monde. Nombre de ses semblables en étaient si peu conscientes, ayant été depuis toujours considérées de la sorte, accoutumées à souffrir un univers masculin qui limitait leur espace et les mettait en cage.

Quels qu'ils fussent, les hommes ne parvenaient tout simplement pas à concevoir que leur soif de pouvoir et de puissance était alimentée par le fait qu'ils avaient abandonné négligemment et aveuglément leur part féminine à des forces obscures.

Identifiant exclusivement le féminin au domaine matériel, ils avaient oublié que la matière était imprégnée par l'esprit, intelligente donc, ordonnée et équilibrée. L'esprit ne pouvait s'opposer à la matière, puisque celle-ci était son incarnation primordiale. Les deux s'interpénétraient, existaient l'un par l'autre, avaient besoin l'un de l'autre. L'un ne pourrait survivre sans l'autre. Ils formaient une unité harmonieuse, et l'exclusion de l'un ne saurait manquer de détruire l'autre.

Ce n'était que le cerveau borné des hommes qui les avait dissociés aussi radicalement.

C'est ainsi que l'esprit qui imprégnait le monde s'était fatalement déshumanisé et perverti, jusqu'à se corrompre. Quoique d'essence divine, il était tombé dans un piège infernal.

Pour l'heure, le maître d'œuvre en était Prométhée. C'était lui qui orchestrait avec habileté les manifestations de cet esprit faussé et dégradé qui envoûtait les hommes, semblables à des papillons de nuit inconsidérément attirés par une flamme qui les réduirait en cendres.

CHAPITRE XIV

Pandore prit dans la commode son coffret, l'ouvrit, passa rapidement en revue le contenu des divers boîtiers, actionna la manette qui découvrait le double fond. La fiole était à sa place, couchée dans son écrin.

Rutilante, scintillant de mille reflets, vibrant entre ses mains chaudes, elle contenait la précieuse substance créée par son père.

Depuis qu'elle vivait dans le monde de Prométhée, c'était le premier acte libre que Pandore se disposait à accomplir, que nul ne pourrait entraver ni contrer. Son premier et dernier combat.

Débouchant la fiole, elle en inspira la fragrance unique, à la fois âcre et suave. Elle évoqua la figure de son père : honnête, intègre, libre. Il lui avait fait don de cette substance pour qu'un jour, elle s'en servît à des fins bénéfiques, car il était infiniment humain et bon. Aussi, en userait-elle en son honneur, au détriment de l'homme maléfique qui s'apprêtait à ruiner l'humanité et à en exclure les femmes.

Ce soir, elle s'accordait le droit légitime de perpétrer cet acte.

La fiole dans la main, elle sortit de la maison, puis se faufila dans l'ombre jusqu'au lac en contournant l'immense laboratoire. La barque était là, se balançant sur l'eau. Le cube n'était pas occupé. Le sort lui était favorable.

Elle monta dans l'embarcation, rama doucement vers l'île. Après avoir abordé, elle prit pied sur la terre inviolable, le domaine souverain de Prométhée. Pour parvenir à ses fins, elle était allée jusqu'à circonvenir Épiméthée qui, dans un moment de griserie, lui avait révélé l'emplacement précis du cube et en avait crânement exhibé la clé, qu'elle était parvenue à lui subtiliser.

Arrivée au cube, Pandore ouvrit la porte, pénétra à l'intérieur et se dirigea en tâtonnant vers la chambre de Prométhée. Elle alluma la lumière. La couleur rouge mêlée d'or des murs et la splendeur insolite du décor ne la firent pas ciller. Elle connaissait l'excentricité de Prométhée. Elle se contenta d'y jeter un coup d'œil dédaigneux.

Il était loin de se douter qu'elle, Pandore, une femme, était en train de violer son intimité, pensait-elle avec un sentiment de revanche.

Faisant le tour de la chambre, elle avisa le cabinet dérobé où était conservé l'élixir. La pièce était glaciale. « À l'image de Prométhée », se dit Pandore avec un sourire railleur.

Les flacons étaient alignés sur des étagères superposées. Avec habileté et souplesse, Pandore les prit l'un après l'autre, les déboucha et y versa une gouttelette de la substance de son père.

Après qu'elle eut effectué le même geste une centaine de fois, sa fiole n'était qu'à demi vide. Pandore remit soigneusement tout en place, puis sortit du cube. Remontant dans la barque, elle se hâta de regagner la berge.

De retour dans sa chambre, elle vit qu'une heure seulement s'était écoulée.

Elle n'était pas triomphante, ni même satisfaite.

Elle avait commis le geste irréparable, accompli l'acte qui lui restituait les années malheureuses passées dans ce lieu. Désormais, elle pouvait s'en échapper définitivement.

Quelques instants après, elle dissimula son coffret dans ses bagages, et abandonna la demeure d'Épiméthée. Dans la lettre qu'elle lui laissait, elle lui expliquait la nécessité où elle se trouvait de retourner dans son pays, précisant qu'elle ne reviendrait pas.

Jamais, Épiméthée ne la retrouverait sur l'île d'Almathia.

Il était minuit lorsque Pandore prit le premier train. Le jour suivant, elle franchit la frontière, changea de train. Parvenue à la mer, elle monta sur un bateau, fit une traversée paisible et arriva dans son pays.

Elle respira profondément. Elle était enfin de retour dans ce pays enchanteur où le ciel était toujours d'azur, le soleil souverain, la terre gorgée de lumière, vibrant tout l'été du chant ardent des cigales. De magnifiques vestiges des temps anciens y attiraient les étrangers et visiteurs : temples, cirques, colonnes, statues, pierres et arbres séculaires.

À l'aube du troisième jour, sur le bateau marchand piloté par le vieux marin que connaissait Almathia, elle aperçut les contours de l'île de son enfance.

Lors de son passage dans la ville continentale, elle avait fait l'acquisition d'une robe légère et chatoyante et de sandales dorées. Ses cheveux redevenant longs tombaient librement sur ses épaules.

Sur le pont, accoudée à la balustrade, elle s'abandonnait au rythme régulier des vagues, laissant ses yeux se perdre dans la mer scintillante.

Le bateau filait avec aisance, l'île était de plus en plus distincte. Bien que petite, elle paraissait étendue. Pandore détaillait avec délectation les bois d'oliviers aux troncs épais et noueux, dont les fruits donnaient une huile succulente, les prés d'herbes dorées et de fleurs sauvages où somnolaient des brebis, sous la houlette de bergers, çà et là un bélier aux cornes recourbées. Autour de l'appontement, se balançaient des barques de pêcheurs, entre lesquelles des poissons affleuraient à la surface.

Quelques personnes étaient rassemblées sur le débarcadère : des femmes, parmi lesquelles elle reconnut aussitôt Almathia. Celle-ci était vêtue de blanc, les cheveux protégés par un léger voile de couleur. Petite et menue, elle se tenait droite, incarnant la vitalité de cette modeste petite île.

Sitôt le bateau amarré, Pandore se précipita sur le quai et se jeta dans ses bras. Elle éclata en sanglots violents qui exprimaient toute sa souffrance passée, de même que sa joie présente. Compréhensive, pleine de compassion, Almathia la réconfortait à voix basse.

Pendant ce temps, les bagages de Pandore avaient été déchargés et emportés par trois femmes qui les escortèrent. L'une d'elles, légèrement en retrait, la contemplait d'un regard pensif.

Elles suivaient un chemin poudroyant qui traversait le village, bordé de maisons, chacune entourée d'un jardin plus ou moins étendu. En pierre blanche, les volets et les portes peints en bleu ou vert, elles étaient simples mais attrayantes.

— Nous voici bientôt arrivées, Pandore, dit Almathia. Tu n'as plus rien à craindre. Te voilà chez toi. Tu dois être épuisée...

— Oui, répondit Pandore, mais je me sens bien. Je me sens revivre. C'est comme si j'avais été morte durant toutes ces années !

— Je le sais, mon enfant. Ici, tu redeviendras vivante, tu verras. La vie afflue vite sur cette île.

Dès qu'elle reconnut la maison d'Almathia, Pandore poussa un soupir de soulagement. Elle se sentait délestée d'un fardeau écrasant.

Almathia remercia les femmes qui s'en furent, sauf l'une d'elles. Pandore se glissa sur le divan du salon. Ses yeux las et rougis s'arrêtèrent sur chaque détail. Rien n'avait changé, tout était resté tel que ses yeux d'enfant l'avaient vu autrefois.

— Comme tout est agréable ici, constata-t-elle, sobre et simple, mais si charmant.

» Je reconnais ces objets créés par les femmes du village, poursuivit-elle en effleurant un vase aux teintes orangées sur lequel étaient peints avec finesse des figures antiques formant une farandole.

» Je me souviens de ce vase, je l'ai toujours aimé. Ces figures d'hommes et de femmes de notre passé lointain, avec leur fougue et leur vitalité, leurs chevelures sombres, leur peau de bronze, leurs yeux noirs et vifs.

» Dans le pays d'où je viens, je travaillais avec des frères jumeaux. L'un était faible et crédule, et l'autre dur et arrogant. Les femmes aussi étaient différentes. La plupart étaient froides et distantes. Je n'ai pas eu une seule amie durant toutes ces années. Je n'ai fait que travailler, errer, espérer...

— Qu'espérais-tu, Pandore ? lui demanda Almathia. Ou « qui » espérais-tu ?

Pandore se troubla légèrement. Dans ses lettres, elle avait parlé à Almathia des frères jumeaux, Prométhée et Épiméthée, de sa relation avec ce dernier qui s'était achevée soudainement. Elle n'avait rien écrit de particulier au sujet de Prométhée : quelques phrases sur ses travaux. Mais fine, Almathia avait deviné ce que Pandore elle-même ignorait. Aussi, n'insista-t-elle pas, et présenta à Pandore la jeune femme assise en face d'elle, qui n'avait pas dit un mot jusque-là.

— Pandore, je te présente ma seconde fille d'élection, Cassandre. Elle occupe l'une des chambres du haut. Je suis sûre qu'elle te plaira. Elle est poétesse et un peu devineresse.

Pandore sourit à la jeune femme. Plus frêle qu'elle, son charme suave était captivant. Comme une nymphe ou une créature surnaturelle, on l'eût crue surgie d'un autre monde. Une douceur nonchalante émanait d'elle, une sensibilité nourrie de fragilité. Ses traits étaient d'une finesse rare en ce pays. Sa peau diaphane, ses grands yeux d'un bleu clair, son regard subtil et insondable comme s'il voyait au-delà des apparences. Des cheveux frisés châtain clair entouraient son visage par instants assombri par une expression de tristesse qui se mêlait à sa joie candide.

Pandore fut instantanément attirée par cette jeune femme gracile et lumineuse.

— Cassandre, je me réjouis que tu vives ici, avec Almathia. Mais ne vais-je pas être de trop ? s'inquiéta-t-elle en regardant les deux femmes.

— Que dis-tu ! Tu es toujours aussi provocatrice ! Tu n'as pas changé ! s'exclama Almathia gaiement.

— Si, Almathia, répondit Pandore qui se mordit les lèvres. J'ai changé. Mais j'ai perdu l'habitude de la chaleur humaine. J'éprouve un immense bonheur à l'idée de vivre ici, avec toi et Cassandre. J'aimerais tant retrouver la partie égarée de moi-même.

Les larmes lui montèrent aux yeux. Elle était à bout de forces. Almathia et Cassandre la prirent chacune par une main et la conduisirent dans sa chambre.

— Dors, Pandore, lui dit Almathia avec douceur, dors tant que tu veux. Nul ne perturbera ton sommeil. Restaure tes forces.

Pandore dormit trois jours et trois nuits, d'un sommeil profond. Peu avant de se réveiller, elle fit un rêve troublant. Les frères jumeaux étaient face à face, l'un minuscule, l'autre géant. Prométhée tenait entre ses mains une fiole immense qui lui brûlait les doigts. Autour d'eux, tout était en flammes, embrasé par une lueur écarlate effrayante.

Elle s'éveilla en gémissant, entrevoyant l'image d'un monde ravagé par le feu. Cassandre était à son chevet.

— Je t'ai entendue te plaindre, lui dit-elle, j'ai accouru aussitôt. Est-ce que tu vas bien, Pandore ?

— Oui, murmura celle-ci. Merci. Ne t'inquiète pas, ce n'était qu'un mauvais rêve.

— Veux-tu te lever ? As-tu assez dormi ? As-tu faim ?

— Oui ! Je me sens reposée, et j'ai une faim d'ogresse !

— Je m'en doutais. Aussi t'ai-je préparé une collation.

— Quel bonheur ! s'exclama Pandore.

CHAPITRE XV

Une vie toute neuve s'amorça pour Pandore en compagnie de ces deux femmes si différentes : Almathia, son ancienne mère, et Cassandre, sa nouvelle amie.

Sans compter les habitants du village, dont les bergers et pêcheurs qui ne ressemblaient en rien aux hommes cérébraux et prétentieux qu'elle avait côtoyés dans le monde de Prométhée.

Elle se rappelait combien elle avait souffert dans ce monde masculin où elle s'était perdue, négligeant la femme qu'elle était.

Tant de femmes souffraient sans en avoir conscience, s'égaraient en abandonnant leur âme, sans mesurer la portée et les effets de cette perte irrémédiable.

Mais certaines, plus rares, parvenaient à transformer leur souffrance en force intérieure, et demeuraient fidèles à elles-mêmes. À ces femmes, était accordée la grâce de créer, d'agir sans se battre stérilement, sans dilapider en vain leur énergie. La grâce du phénix qui renaît indéfiniment de ses cendres, se relevant de ses embrasements périodiques.

L'île d'Almathia en abritait de nombreuses. Simples, naturelles, généreuses, elles s'entraidaient et s'acceptaient telles quelles, sans se juger, se comparer, se jalouser.

Pandore se laissait apprivoiser par elles. S'épanouissant en douceur au cœur de la simplicité qui l'environnait, le dénuement presque. Mais l'essentiel était là. Non le superflu qu'elle avait connu : le laboratoire, les réseaux d'écrans lumineux, les artifices de la vie moderne.

Tout cela s'effaçait lentement et disparaissait, la soulageant d'un poids qui avait pesé si lourdement sur ses épaules que celles-ci en demeuraient encore endolories.

La vie dans sa plénitude et son intensité semblait affluer en elle, comme une sève de printemps. Vivace et régénératrice.

Almathia avait créé sur l'île une école hors du commun, où l'on enseignait les multiples variétés de plantes, d'herbes aromatiques et de fleurs : leur origine, leur localisation, leurs vertus et propriétés, leurs facultés de guérir et de panser les plaies du corps, celles de l'âme, les mille usages enfin que l'on pouvait en faire.

Certaines femmes du village y transmettaient leurs connaissances à des étudiants et thérapeutes venus du monde entier pour parfaire leurs connaissances.

À l'image d'Almathia, cette école était fondée sur des principes inusités : il n'y avait pas de dirigeant ni de hiérarchie, pas de mesure, de comparaison, d'évaluation. Toute femme qui le désirait ajoutait sa pierre à l'édifice, aussi infime fût-elle, et aussi longtemps qu'elle en éprouvait joie et contentement. Cassandre elle-même y prodiguait un enseignement sur les astres, leur lien avec les plantes, et l'art d'y déchiffrer les signes de sa personnalité et de sa destinée.

Pandore s'y rendait parfois, lorsqu'elle ne demeurait pas dans le jardin d'Almathia, où elle cueillait les plantes et herbes dont elle avait besoin pour les remèdes qu'elle commençait d'élaborer.

En outre, elle avait miraculeusement retrouvé, dans certains recoins déserts de l'île, les plantes de son coffret, qu'elle croyait à jamais disparues. Elle les faisait sécher sur des rayonnages de la cave.

Elle apprenait de la sorte à prendre soin des autres.

Et elle apprenait à prendre soin d'elle : à reconnaître ses aspirations et ses besoins, à leur prêter attention et respect.

Trop peu consciente d'elle à la mort de son père, elle avait vécu dans un monde exclusivement masculin. Cela l'avait divisée, séparée de sa nature féminine, empêchée d'épanouir celle-ci, et de la vivre pleinement.

CHAPITRE XVI

Certains soirs, au crépuscule, les femmes et les hommes qui le désiraient se rassemblaient dans le jardin de l'école pour y échanger leurs réflexions. Encouragée par Almathia, Pandore assista à l'une de ces conversations.

L'on y décrivait une figure féminine méconnue, quoique citée dans des textes spirituels. Elle représentait, et avait provoqué chez de nombreuses femmes, le « complexe de Martha », ainsi que l'appelait Almathia.

– Qui est-elle ? demanda Pandore. Qu'a-t-elle fait pour que l'on parle d'un « complexe » la concernant ?

– Il s'agit tout simplement de la « folle du logis » ! Même si les textes sacrés en parlent avec déférence, considérant qu'il est du ressort de la femme de s'occuper de son intérieur, les circonstances dans lesquelles elle apparaît sont tout à fait révélatrices de ce complexe.

» Un soir, cette femme et sa sœur accueillent sous leur toit un remarquable maître spirituel.

» Alors que sa sœur s'assied auprès de leur visiteur pour l'écouter, Martha, elle, s'acharne à nettoyer la maison et à préparer le repas, sans écouter la riche parole qu'il est venu leur transmettre.

» Elle va même reprocher à sa sœur d'être oisive et inutile en lui refusant son aide. À cet instant, le maître spirituel l'interrompt et lui fait une réflexion vive sur l'inanité de son agitation, déclarant que c'est sa sœur qui a la meilleure part. À savoir, l'attitude juste.

» En dépit de ses paroles, Martha ne comprend pas le sens de cette intervention.

» Elle n'est pas consciente de cette présence spirituelle dans sa demeure, c'est-à-dire de la voix qui s'élève au plus profond d'elle-même.

» En fait, Martha représente un domaine que l'on a attribué exclusivement à la femme, qui la dépossède d'une partie essentielle d'elle-même : sa vie intérieure, sa spiritualité. La femme vouée aux travaux ménagers, aux activités concrètes et répétitives. La femme dont le regard s'est détourné d'elle-même, de ses aspirations et de ses rêves profonds.

– Une femme que l'on retrouve partout et toujours ! lança Pandore.

– Une femme qui ne peut que se replier sur elle-même et s'appauvrir ! précisa une participante.

– Une femme réduite en esclavage, ajouta une autre.

– Oui, acquiesça Almathia, une femme qui s'asservit volontairement aux tâches matérielles, parce qu'elle s'identifie avec rigidité à l'organisation de sa maison. Une femme qui s'obstine à n'être que cela, qui ne sait pas être différente. Une femme dépouillée de sa totalité, divisée donc. À la fois soumise aux hommes et soumise à elle-même, à la conception bornée et réduite qu'elle a de sa vie.

– Une femme qui ne prête aucune attention à son guide intérieur, à sa vie intérieure et sa spiritualité propre... intervint Cassandre qui s'était jointe au groupe.

– Une femme qui n'est que cela... reprit Pandore, songeuse. Comme c'est grave ! Une telle vie est vide de sens, stérile, misérable ! Je comprends que l'on parle de « complexe de Martha » !

– D'autant plus que, dans les textes qui l'évoquent, elle n'est pas mariée, donc pas mère. Elle n'existe vraiment qu'en tant que « folle du logis » ! Mais certaines sont des mères, et sont d'autant plus « affolées » que leurs enfants vivent dans leurs demeures, ainsi que leurs compagnons, auxquels elles doivent sans relâche prouver leurs aptitudes.

– Je pense à ces hommes qui veulent encore et toujours des fils pour perpétuer leur lignée, nota Cassandre. Même si les filles sont mieux accueillies dans le monde actuel où on leur consent une certaine place. Mais elles n'en souffrent pas moins, sans avoir conscience des causes de leur souffrance. C'est ainsi qu'en prenant de l'âge, elles deviennent rigides et dures, car elles agonisent d'une frustration cruelle, d'une soif non étanchée, qu'elles croient illégitimes et coupables.

– Pour gagner leur droit à l'existence, certaines luttent férocement pour le pouvoir, en en dérobant ou en substituant une partie aux hommes.

– Elles n'en sont pas moins incomplètes, dissociées, appauvries, remarqua Almathia. En s'assujettissant au modèle masculin, elles n'accomplissent pas leur âme féminine, leur être total, ou du moins le plus total possible. Cet être à la fois féminin et masculin, cette enfant neuve, joueuse et pleine de joie, cette jeune fille avec son énergie créatrice, ses explorations et ses découvertes, cette femme adulte et ses réalisations, cette femme âgée riche de son expérience, de sa maturité, de son détachement de toutes dépendances et illusions.

» Tous ces aspects nous habitent simultanément. Et tous ont le droit d'exister, de se manifester. Non seulement le droit, mais le devoir. Pour que nous soyons vivantes, ils doivent tous être accomplis.

– En réalité, je m'interroge sur tout cela, intervint un jeune berger. Je suis venu sur cette île pour trouver une réponse à mes questions, car de nombreuses femmes y sont différentes, désireuses d'être elles-mêmes et de se réaliser. Certaines ont même décidé de vivre seules.

– Nous sommes ici pour les mêmes raisons ! s'élevèrent d'autres voix masculines.

– J'ai le sentiment, reprit le berger, que l'homme a tant de choses à apprendre de la femme. Notre monde trop masculin a sacrifié une partie fondamentale de la vie. Nous sommes tous déchirés et fragmentaires.

– C'est pour cela, ajouta Almathia, que nous devons absolument rencontrer et reconnaître l'autre, l'inconnu, l'antagoniste, l'ennemi de toujours, celui qui nous semble menacer notre existence. Et tisser un lien indissoluble avec lui. Et cela, que nous soyons femmes ou hommes !

» La femme dont nous avons parlé, Martha, incarne le problème universel de la femme enlisée dans la matière, qui ne parvient pas à entendre sa voix intérieure, celle qui l'appelle sans fin et lui chuchote « écoute-moi, j'ai des choses importantes à te révéler sur toi et ta destinée... ». Cette voix qui pourrait la mener vers son accomplissement.

» Mais, pour son malheur et celui de l'humanité entière, la femme a en permanence besoin de prouver au monde, et aux hommes qui le dominent, qu'elle est laborieuse comme une fourmi, apte à travailler comme une esclave, digne d'être reconnue, d'exister, de respirer. Elle doit justifier encore et toujours sa place dans le monde.

– Je comprends ! s'écria Pandore avec véhémence. Même si ce n'est au « logis », cela peut survenir n'importe où ! Moi-même, j'ai été atteinte de ce « complexe de Martha » ! J'ai travaillé sans le moindre bonheur, sans la moindre satisfaction, uniquement pour me convaincre et convaincre les hommes que j'en étais capable. J'ai payé ainsi le prix de ma place et de ma survie parmi eux !

» La femme doit légitimer son existence en se soumettant à la vie que lui impose l'homme, même si ce faisant, elle trahit sa nature et sa destinée.

– Oui, Pandore, c'est cela, le « complexe de Martha ». Tu en as été affectée. Tu avais le désir impératif de t'asseoir aux pieds de ton guide pour écouter sa parole ardente et tu n'as pas obéi à cet élan. Tu as oublié de t'abandonner à ta voix intérieure chaque fois qu'elle résonnait en toi.

CHAPITRE XVII

Auprès d'Almathia et de Cassandre, il semblait à Pandore explorer simultanément tous les âges de la vie, et découvrir ainsi au fond d'elle l'ébauche d'une femme complète.

À chaque instant, elle s'étonnait de ne pas être celle qu'elle imaginait. Alors qu'elle se croyait taillée pour la ville, la vie laborieuse et combative aux côtés des hommes, elle n'avait fait que céder à une puissante attirance pour le prestige futile, la grandeur artificielle, les leurres d'une vie brillante, les miroirs aux alouettes dont regorgeaient les cités.

Mystifiée et leurrée, elle s'était ainsi dévouée et résignée à un monde détestable, allant jusqu'à se renier au profit du masculin, de ses intérêts et ses buts, de ses illusions de construire, de progresser, d'aller de l'avant. Oubliant de vivre le présent et d'exprimer ses aspects féminins.

En réalité, elle avait exécré cette vie sous l'égide de Prométhée et d'Épiméthée, qui la contraignait à se soumettre à une force masculine, à lui sacrifier sa sensibilité, son intensité créative, sa générosité.

Il lui devenait de plus en plus évident que sa place n'était pas au cœur d'une puissance endurcie et inflexible, qui faisait violence à son âme et ne pouvait que la subvertir.

N'être qu'une mère, une matrice, ou un instrument de plaisir aux mains des hommes, ou une subalterne entretenant leur pouvoir et leur domination, ne pouvait en aucun cas fonder la voie féminine. Toute existence limitée et exclusive était nuisible à la femme, laquelle aspirait essentiellement à la plénitude et la totalité.

Prométhée avait méconnu Pandore, la considérant comme indigne d'exister dans son univers. Même si Épiméthée l'avait admirée, sa blessure n'en avait été qu'exacerbée.

D'elle, aucun des frères jumeaux n'avait rien perçu, vu, reconnu. À peine s'était-elle reconnue elle-même durant ces années de solitude, abusée par des désirs ambivalents et trompeurs, des chants de sirène ensorcelants.

Or, elle n'était ni la souveraine adulée par Épiméthée ni la subordonnée dédaignée par Prométhée.

Elle était tout autre : une femme qu'elle commençait à peine à entrevoir, à reconnaître, à accepter.

Chaque jour, dans le jardin d'Almathia, elle se perdait dans la contemplation, inspirant avec intensité le parfum des fleurs et des plantes, savourant l'ombre et la lumière, la fraîcheur de l'aube et la chaleur du soleil de midi.

Ce jardin était infini, sans frontière. Au fond, un ruisseau prenait sa source dans une colline aux douces courbures et ondoyait jusqu'à la mer. Plus loin, dans les prés paissaient des troupeaux de brebis, parmi lesquelles quelques béliers mettaient de l'animation en se heurtant de leurs cornes arquées.

En les observant, Pandore s'interrogeait. S'était-elle jamais consacrée à la jubilation du jeu, au plaisir élémentaire de vivre, aux créations incessamment renouvelées de l'enfance ? Elle ne s'en souvenait pas. Dans le monde des hommes, l'enfant en elle avait été durement réfrénée.

L'enfant étonnée, puis l'enfant émerveillée qui s'enchantait de la nature. L'enfant qui humait avec délice chaque fleur aux corolles déployées, l'enfant taquinée par les gracieuses créatures qui papillonnaient autour d'elle.

L'enfant qui conquérait avec ardeur son droit à la liberté et à la création.

Dans le même temps, une zone obscure et trouble résistait en elle. Un conflit farouche qui l'assaillait sans relâche, la rongeait insidieusement, la menaçant à chaque instant de la rejeter hors du paradis.

En se rappelant sa fuite du pays de Prométhée, elle s'interrogeait sur les abîmes que masquait sa revanche.

Soit, elle était parvenue à altérer la découverte de Prométhée. Mais qu'était-il advenu de l'élixir ? Gâté et corrompu, avait-il eu des effets néfastes sur ceux qui l'avaient absorbé ?

Était-elle responsable de maux incontrôlables infligés à l'humanité ? Ou au contraire, l'élixir de Prométhée avait-il été détruit, et ce dernier soumis à la vindicte de ses semblables ?

Avait-il, avec son discernement si particulier, pressenti son intrusion dans sa vie ? Ou était-elle trop insignifiante à ses yeux pour qu'il envisageât seulement qu'elle y jouât un rôle quelconque ?

Ces questions la déchiraient, explosant comme une nuée de feux d'artifice avant de retomber en poussière. Cependant, la poussière stagnait en elle, dense et suffocante. La nuit surtout, lorsqu'elle se retrouvait seule. Son sommeil alors était agité, perturbé par les mêmes rêves qui l'éveillaient invariablement.

Le jour, elle se sentait protégée par les deux femmes remarquables dont elle partageait la vie. Almathia, qui lui apprenait avec patience et prévenance les propriétés des plantes, leurs aptitudes à soulager les douleurs du corps et à apaiser les tourments de l'âme. Cassandre, discrète et aimable, dont Pandore admirait la bienveillance, la compréhension subtile des êtres, la vision juste des événements. Il lui suffisait de scruter un visage avec recueillement pour y surprendre ses mystères les plus profonds, ou d'écouter les autres lui conter le récit de leurs misères et leurs peines pour les apaiser par sa seule présence.

Auprès d'elles, Pandore perçait le secret de la compréhension, de l'acceptation, de la générosité inconditionnelle.

Cependant, elle était encore trop divisée et insurgée pour parvenir à puiser en elle la force de rétablir l'unité, qui passait nécessairement par le détachement et le pardon.

Pardonner à Prométhée, à Épiméthée, aux hommes, à ce monde masculin qui ne laissait pas exister les femmes telles qu'elles étaient ? Un monde qui abusait des femmes, qui les brisait, les asservissait et les condamnait à survivre dans un univers fabriqué de toutes pièces par eux et pour eux.

Pardonner à un monde qui exploitait outrageusement la nature, en détruisant la beauté, l'harmonie, la sacralité ? Un monde où tous les humains étaient soumis à ce qu'il avait défini impérativement comme essentiel, mais qui était artificiel et faux. Essentiel assurément pour les dominants, les dirigeants, les tout-puissants, mais destructeur pour ceux qui n'avaient pour seule ressource que de survivre misérablement.

Non, Pandore ne pouvait pas encore pardonner à un tel monde.

Tout comme elle ne se pardonnait pas d'avoir commis un acte irréparable, qu'elle avait dû néanmoins commettre pour exprimer sa rancœur, sa rébellion, et son refus total.

Par le biais de cet acte, il lui semblait que s'était manifestée la justice immanente. Cette justice que rendaient les déesses anciennes. Comme chaque femme, elle la portait en elle, cette justice qui n'était pas la justice des hommes, avec leurs lois, règles, règlements, principes, morales tout relatifs, recelant leur méconnaissance de la nature humaine, leur ignorance de la loi immuable de la vie.

Une justice de la vie, saine et vraie, qui n'était ni pervertie ni détournée au profit d'un quelconque pouvoir.

La blessure que Prométhée lui avait infligée, de même qu'à toutes les femmes, ne pouvait se cicatriser qu'à ce prix : en rétablissant l'équilibre entre elle et lui, entre l'univers des femmes et celui des hommes.

En agissant de la sorte, Pandore avait reconquis, ou conquis, sa souveraineté de femme. Sans cela, elle n'eût pu quitter Prométhée. Ni oublier qu'elle l'avait, en dépit d'elle, de lui, du monde et de son ignominie, peut-être aimé.

Jour après jour, elle errait dans l'île, assoiffée de la présence réconfortante de la nature qui apaisait ses tensions et ses déchirements. Le conflit dont elle était le terrain s'estompait alors. L'harmonie naturelle l'imprégnait doucement, tissait un lien infrangible avec son âme meurtrie, la lui rendant purifiée et entière.

Il était bénéfique de se livrer au vide, songeait-elle alors, apaisée. De passer le gué, même si cela durait indéfiniment et si l'on n'apercevait pas encore la rive de cet autre monde auquel l'on aspirait. Faire le vide pour amorcer quelque chose de neuf, et d'inédit.

Cette période latente n'était jamais inutile. Elle sauvegardait la vie encore balbutiante et vulnérable, qui restait enfouie au plus profond de soi, soustraite aux regards cruels et malveillants.

En considérant avec compassion ce qui survenait, en déliant avec patience les chaînes qui la tenaient attachée à son passé, Pandore redevenait vivante.

Tournée vers le soleil, elle lui offrait ses parures renouvelées. Ses formes épanouies, ses cheveux abondants, son visage expressif qui attirait la vie et ses richesses inexplorées.

Elle était Pandore. Une femme perdue qui retrouvait son chemin.

Chapitre XVIII

Assise aux pieds d'Almathia, Pandore lui révéla l'acte qu'elle avait commis. Elle parla longuement. Almathia l'écouta sans l'interrompre. Elle comprenait ce qui torturait Pandore. Mais celle-ci devait trouver en elle-même la source de sa douleur. Celle d'où émanaient toutes les autres. La blessure originelle.

Lorsqu'elle eut achevé son récit, Almathia évoqua la terre, la mère de toutes les créatures vivantes, que figurait la déesse des peuples anciens. Cette « terre-mère » à laquelle chaque femme pouvait s'adresser, pour puiser en elle le fondement et le sens de sa vie, de même qu'un réconfort apaisant.

Les yeux clos, Pandore s'abandonna, laissant son âme vibrer.

« Terre-mère, l'humanité est en danger, elle est asservie par des pouvoirs délétères. La puissance égocentrique, les illusions de la pensée exclusive, le culte de la matière stérile, le néant et le non-sens, la perte d'âme et d'esprit, le profit qui abuse de tout à outrance. Les humains ont succombé à une foi absurde, ensorcelés par un reflet chatoyant qui les entraîne dans la folie destructrice.

Réveille-les. Délivre l'humanité de ses illusions et de son aveuglement. Ravive sa conscience. Invoque l'Esprit et prie-le de souffler sur le monde, pour ébranler les humains et leurs fausses certitudes.

Que leur esprit, réduit à n'être plus qu'un oiseau aux ailes rognées, captif d'une cage aux barreaux rigides, retrouve sa vraie nature et prenne son envol.

Qu'ils recouvrent l'élan d'agir avec conscience et justesse.

Qu'ils rétablissent la paix et l'unité, en acceptant et intégrant les opposés, les différences, l'altérité.

Qu'ils acceptent, terre-mère, ton essence immuable. ».

Lorsqu'elle ouvrit les yeux, Almathia lui dit :

– Tu es redevenue fille de la terre. C'est elle qui t'a sauvée, la grande dame bienfaisante, souveraine des bois, des champs, des montagnes, des eaux, de l'air... Elle est le chemin de toutes les femmes égarées, séparées de leur âme féminine, dominées par les cerveaux maladifs des hommes. De toutes les femmes bannies, dont les facultés sont brisées. Et même de celles qui ont trouvé aux côtés des hommes une place qui n'est pas la leur, au risque de se trahir.

– Tu parles de celles qui n'ont pas pu rester fidèles à elles-mêmes ?

– Oui, de celles qui pensent avec certitude avoir conquis la liberté et l'équité. Ce sont elles, les plus abusées et les plus asservies.

– Pourquoi ? Elles ne sont pourtant pas des « folles du logis » !

– Non, mais elles sont aussi assoiffées de pouvoir et de puissance que les hommes. Leur dureté est née de leur révolte contre ceux-ci, de leur ressentiment, de leur frustration. Ainsi que leur désir d'être semblables à eux.

– J'en ai vu de nombreuses dans le pays où j'étais. Elles m'étaient étrangères, de même que je leur étais étrangère. Nous n'avions en commun que notre rancune et notre ressentiment, même inavoués, à l'encontre des hommes. Mais une chose fondamentale nous séparait.

– L'essence du féminin ! affirma Almathia. La destinée singulière du féminin, son incarnation et son accomplissement dans le monde.

– Ces femmes étaient affamées des miettes de pouvoir qu'elles dérobaient aux hommes. Elles les dévoraient avec avidité sans pour autant être nourries.

– Elles vendent leur nature féminine à la force masculine, qui leur est à la fois extérieure et intérieure. Alors qu'elles devraient faire le contraire.

– Qu'entends-tu par cela ? l'interrogea Pandore.

– Une femme doit toujours préserver sa souveraineté féminine. Elle ne peut, sans risquer de la perdre, s'assujettir à sa part masculine intérieure. Cela l'appauvrit et finit par altérer sa féminité qui se pervertit et régresse vers des formes outrées, vulgaires, primaires.

» Lorsqu'elle se développe d'une manière masculine, croyant détenir une toute-puissance analogue, son éclat féminin se fane, se flétrit, et se transforme en artifice grotesque. Elle devient alors une image grossière d'elle-même, par laquelle elle compense la pauvreté de son âme perdue.

» Elle retourne tout simplement à sa fonction ancestrale, rudimentaire et archaïque : celle d'être un instrument aux mains des hommes, quelle que soit la forme que revêt cette servitude, aussi attirante soit-elle, quels que soient les avantages qu'elle en obtient. Elle cesse d'être un sujet libre et souverain. Tout en se croyant, hélas, libre et souveraine...

» C'est ainsi que réapparaît le serpent qui se mord la queue, mais dans un cercle pervers infini.

Chapitre XIX

Pandore et Cassandre vagabondaient dans les collines, en quête de plantes et de fleurs pour la composition des remèdes de Pandore.

— Un jour proche, Pandore, lui fit Cassandre avec un sourire radieux, tu seras une magicienne, une enchanteresse ! Tu es vraiment faite pour répandre l'abondance autour de toi, dévoiler aux humains les mystères de la vie et leur transmettre ses dons.

— J'en doute ! répondit Pandore. Je ferais un piètre usage de cette magie ! Je n'ai pas ta subtilité, ta sensibilité, ta clairvoyance. Mais parle-moi de toi, Cassandre. Je te connais si peu. D'où te vient cette disposition si rare de déceler la vérité qui se dissimule dans les recoins les plus obscurs des êtres et des choses ?

— Que puis-je répondre à ta question ? Chez moi, cela est naturel. Quand mon regard se pose sur une chose, quelle qu'elle soit, celle-ci devient aussitôt claire. Je la regarde en traversant toutes les strates qui la constituent, jusqu'à sa profondeur extrême, jusqu'à ce qu'il n'y ait plus rien à voir. Alors, je la vois dans sa totalité. De cette totalité surgissent sa simplicité et son unité qui se transmettent à leur tour à mon âme. Et la boucle se clôt. D'une part, mon regard, et de l'autre, la chose qui me devient familière comme si elle faisait partie de moi. Tout alors devient clair et net, n'ayant même plus besoin d'être expliqué. Je ne sais si tu comprends...

— Oui, Cassandre, je comprends. Du moins, j'essaie de comprendre ! Je suis si peu clairvoyante en comparaison de toi ! s'exclama Pandore en riant.

— Quel bonheur de te voir rire, ma sœur guerrière. Me permets-tu de t'appeler ainsi ?

— Bien sûr ! N'es-tu pas, toi aussi, une fille d'Almathia ? Une indomptable ?

– Oui. Mais sans Almathia, sans ce lieu d'exil, cette terre d'asile, je serais brisée à l'heure actuelle, toute indomptable que je suis !

– Toi, brisée ? s'étonna Pandore. Est-ce que tu désires m'en parler, Cassandre ?

– Il n'y a pas grand-chose à dire, répondit Cassandre tristement. C'est l'histoire éternelle de la femme, ainsi que tu l'as vécue toi-même. Et d'autres, échouées sur cette île où Almathia a créé un lieu d'accueil chaleureux, où les blessures féminines se pansent, se soignent, s'apaisent, s'oublient peu à peu, où le cœur peut se purger de sa peine. Merveilleuse Almathia, refuge pour les femmes blessées.

– Cassandre, quelle est ta peine, ta blessure, ta souffrance ? Pourquoi es-tu ici ?

– Pour fuir un homme ! J'étais enfant encore lorsque ce don de prescience s'est manifesté en moi. Mes parents et proches l'ont respecté, lui ont permis de s'épanouir librement. Jusqu'au jour de ma rencontre avec cet homme. C'était un homme de pouvoir. Beau, combatif, séduisant les foules quand il s'adressait à elles. Doux et tendre aussi. C'est cela qui m'a attirée et abusée. Bien que j'abhorre cette soif inextinguible de pouvoir chez l'homme, j'ai aimé et désiré celui-ci avec passion, sans mesure. Je me suis perdue pour lui.

– Néanmoins, tu as connu le bonheur d'aimer, Cassandre, intensément, totalement, pleinement ! s'exclama Pandore avec une pointe de regret.

– Ce ne fut pas un bonheur… murmura Cassandre. Donner et prendre tous les risques… sans rien recevoir… Être totalement dépossédée de soi…

– Que s'est-il passé ensuite, ma sœur ? demanda Pandore, affligée.

– Ce qui arrive aux femmes qui aiment trop profondément, qui donnent trop d'elles sans y prendre garde. L'homme qu'elles aiment ou croient aimer ne les aime pas en retour, ou est rebuté par leur don d'elles, car impuissant à y répondre. Se voyant impuissant, ce qui lui est insupportable, il fuit la source de son impuissance pour se réfugier dans le pouvoir et la puissance, des choses qu'il maîtrise à la perfection. Cet homme aimait le pouvoir davantage qu'il ne m'aimait.

– Il n'aimait aucune femme ! rétorqua Pandore impétueusement.

– Oui, tu as raison, aucune femme n'a été aimée par lui ! Cet homme s'est seulement servi de moi. Mais il s'est servi royalement, d'autant plus que tout lui était donné en abondance. Il a pris ce dont il avait besoin, en se protégeant, se prémunissant de toute réciprocité. Au début, j'étais pleine de force et d'énergie. Malheureusement, il s'est servi si copieusement qu'il m'a peu à peu vidée, épuisée, me laissant exsangue.

– De quoi avait-il tant besoin, Cassandre ?

– De devenir vivant pour se battre, vaincre, dominer, s'attirer la reconnaissance de ses pairs. Il a puisé en moi de quoi alimenter son énergie combative. Mon sentiment exalté stimulait mes propres énergies, dont il se repaissait, s'abreuvait, se rassasiait, sans reconnaître ce que je lui donnais, sans voir qu'il prenait avec trop de rapacité.

» L'orgueil masculin ne sait vraiment pas recevoir. Il ne sait que prendre, comme si tout lui était dû. Incapable de recevoir avec humilité, il traque et capture, profitant à outrance de la femme et de sa capacité de donner et d'aimer. Il épuise ses forces, la détruit aveuglément, et menace ainsi son existence même...

– Ton existence était menacée, Cassandre ? s'écria Pandore en frémissant.

– Oui, j'ai failli en mourir. Cet homme se battait dans son monde, dans son domaine, mais en réalité, il était faible et impuissant. Aussi avait-il grand besoin de mes forces pour arriver à ses fins. Le pouvoir, la puissance, la victoire sur les autres. Je le savais, Pandore, je le savais ! Je l'ai su dès notre rencontre, mais je n'ai pas pu lutter contre lui, contre le sentiment qu'il m'inspirait. Je savais que je mourrais par cet homme, car je pressentais sa faiblesse et son besoin insatiable de force de vie. Par malheur, j'ai éprouvé de la compassion pour lui.

» Certaines femmes se laissent prendre à ce piège fatal : sauver un homme ! Peut-être pour être aimées, reconnues, acceptées, ou par générosité, par leur faculté naturelle de don... Je fais partie de ces femmes.

Pandore pleurait en écoutant Cassandre. Elle comprenait ce qui lui avait échappé jusqu'alors, l'origine de sa propre blessure. Celle qu'elle n'avait jamais pu ni voulu voir clairement.

– Pourquoi pleures-tu, Pandore ? lui demanda Cassandre, ses grands yeux fixés sur elle.

– Je pleure sur toi et sur moi. Tes révélations éveillent ce qui en moi est encore douloureux. Parle encore, Cassandre ! Libère-toi, et libère-moi !

– Cet homme si faible, vide, impuissant, reprit Cassandre, pourtant si fort et brillant aux yeux des autres, m'a tout pris. Et quand il eut tout pris, il m'a délaissée.

– Comment utilisait-il ton don ?

– Il m'interrogeait sur mon sentiment, et je le lui donnais. Et ce que je lui disais était toujours juste et vrai. Aussi, s'en servait-il pour vaincre les autres. Mais, chaque fois que je lui ouvrais mon âme, il en conservait une partie. C'est ainsi que j'ai renoncé peu à peu à moi-même à son profit, pour ses futiles et ineptes victoires. Jusqu'au jour où j'ai appris qu'il y avait une femme dans sa vie. Alors, je me suis effondrée, je suis tombée et je n'ai pas pu me relever. J'étais à l'agonie. Il m'a abandonnée, me laissant dans le dénuement le plus complet.

– Comment... balbutia Pandore, livide... comment t'es-tu relevée ? Où as-tu puisé la force de le faire ?

– En moi, Pandore, en moi ! Je me suis détournée de lui... Oh, cela a pris un long temps. Quoique mourante, au fond de l'abîme, je savais que je pourrais me relever. Il faut aller au bout d'une chose pour la dépasser, chuter très bas pour entamer la remontée, mourir pour renaître. Sinon, on reste à mi-chemin, figée, paralysée...

– Et te voilà ici, Cassandre, bien vivante, pour ma joie, celle d'Almathia et de tous les habitants de cette île ! Mais comment as-tu connu Almathia ?

– Un jour où je tentais vainement de me relever, j'ai eu la vision d'Almathia. Elle venait vers moi en me tendant la main. Je me suis cramponnée fermement à cette image, et je l'ai suivie jusqu'ici. C'est étrange, en te parlant de mon passé, j'ai l'impression qu'il s'agissait d'une autre vie, d'une autre femme.

– C'est donc que tu es libérée, Cassandre. Ce que tu as donné à cet homme n'était pas vain. C'est cela qui t'a permis de devenir la femme que tu es. Malgré ta souffrance, cela t'a permis de rester vivante. Tu n'as pas été détruite. Tu as préservé l'essentiel de ton être. Les chemins de notre destinée sont si obscurs, si incompréhensibles. Le mien l'est également.

– À ton tour, Pandore, de me parler de toi...

– Je n'ai pas aimé d'homme comme toi, Cassandre. J'ai perdu un père. J'ai connu la fuite, l'exil, la solitude, le désert. J'ai trouvé un lieu où vivre, des hommes qui m'ont également utilisée, des frères jumeaux, des scientifiques. J'ai travaillé dans leur laboratoire. J'ai cru ressentir plus que de l'amitié pour l'un d'eux, mais il n'en était rien. Il s'est éloigné de moi lorsque son frère lui a fait boire une substance de son invention pour le rendre plus intelligent ! Une ineptie masculine ! J'éprouvais de l'amitié pour lui, mais je n'ai pas souffert par lui.

– Cependant, un autre homme t'a blessée, Pandore, au-delà de toute mesure... murmura Cassandre. Le premier qui t'a blessée fut ton père. Par son absence...

– Oui, cela est juste.

– Puis, il y eut un autre homme qui a ravivé cette plaie initiale. La blessure perpétrée sur les femmes par les hommes, sur les filles par les pères. Toujours la même blessure perpétrée par le pouvoir masculin, cette fausse assurance masculine, cette boiterie de leur âme, qui rend les hommes dominateurs et supérieurs ! Se désirant éternels à l'instar des dieux ! Alors ils utilisent la femme pour masquer leur impuissance à vivre, leur peur de la mort, et pour perpétuer leur lignée immortelle !

– Tu as raison, Cassandre. Je porte cette blessure en moi, et un homme l'a rouverte et l'a fait saigner.

– Qui est cet homme, Pandore ? Comment s'appelle-t-il ?

– Il s'appelle Prométhée.

– Prométhée ? s'exclama Cassandre, stupéfaite. Le grand chercheur et inventeur, beau comme un archange, brillant comme un astre, spirituel comme un dieu ?

– Lui-même. Le connais-tu ?

– Je l'ai aperçu lorsque j'étais auprès de l'homme dont je t'ai parlé. Il était légendaire ! Le monde entier parlait de lui.

– Il n'y a que sur cette île où les modes de communication sont restreints que je n'ai plus entendu son nom. Que les dieux en soient remerciés ! soupira Pandore avec soulagement.

– Cet homme brillant, l'as-tu aimé, Pandore ?

– Oui, je crois... répondit Pandore d'une voix cassée. Mais il n'a pas voulu de moi. Il ne m'a jamais parlé, ni ne s'est intéressé à moi.

– Pourtant, il a souvent pensé à toi, déclara Cassandre, les yeux mi-clos.

— Comment est-ce possible ? Il n'était occupé que de lui, de sa découverte qui allait transformer les humains et le monde !

— Je le sais, j'en suis certaine, insista Cassandre d'une voix douce mais ferme.

— Je te crois. Ce que tu perçois est toujours vrai. Sur cette île, ton don a encore crû, affermi par la terre, l'air, la mer. Cet homme donc, Prométhée, aurait pensé à moi ?

— Oui. Et il pensera à nouveau à toi, aussi inconcevable que cela te paraisse.

— En es-tu certaine ? demanda Pandore avec inquiétude.

— Oui. Tu as fait une chose avant de venir te réfugier ici, qui est en lien avec lui, n'est-ce pas ?

— Oui, répondit Pandore, qui baissa la tête et caressa la longue tige constellée de fleurs d'une espèce de roses sauvages qu'elle aimait particulièrement. Sa main erra d'une fleur à l'autre.

— Cassandre, reprit-elle, j'en souffre encore…

— Je le sais, Pandore. Mais mieux vaut connaître notre souffrance, savoir d'où elle vient, pour qu'elle ne nous domine pas, pour que nous puissions l'apaiser, l'adoucir, l'apprivoiser, en faire une amie. Alors, nous pouvons toujours compter sur elle. La souffrance peut être bénéfique si nous ne la laissons pas nous submerger, nous détruire.

— Je te remercie, Cassandre. Je me croyais délivrée, mais il n'en était rien. Oui, j'ai fait quelque chose avant mon départ, quelque chose de terrible…

— Qu'as-tu fait, ma sœur ? Tu as pris ta revanche, n'est-ce pas ?

— Oui. J'ai corrompu la découverte de Prométhée, son breuvage miraculeux, son « élixir de feu », ainsi qu'il l'a pompeusement appelé. Les hommes qui en boiront une seconde fois seront peut-être durement affectés en raison de mon acte. Je ne sais pas de quelle manière exactement. Ce que j'ai fait est atroce…

— Ce n'est pas toi qui l'as créé, cet élixir. C'est Prométhée qui en est le responsable. S'il n'effectue pas d'essai sur des hommes et n'en observe pas les effets, avant de le donner aux autres, c'est qu'il aura manqué de prévoyance. C'est une erreur inexcusable pour un scientifique. S'il est prévoyant, il fera des essais, en constatera les effets, et recréera son élixir tel qu'il était.

— Mais, il ne peut imaginer qu'une telle chose ait pu se produire ! s'écria Pandore, bouleversée. Il ne fera peut-être pas les essais nécessaires. Il n'attendra pas. Les hommes le harcèlent pour boire son élixir une seconde fois. Pour sa gloire et la gloire des hommes, il le leur donnera !

— Même si tu n'y avais mis ton « grain de sel », Pandore, cet élixir me paraît être une folie ! Une de ces folies que les humains vont payer très cher ! Une grossière chimère... Et il serait bon que les hommes en prennent conscience avant qu'il ne soit trop tard.

— Cela arrivera-t-il, Cassandre ? Cela arrivera-t-il ? Les hommes ne sont-ils pas tous esclaves de leur désir de pouvoir, de toute-puissance ?

— Je ne sais pas. Il me semble qu'il reste quelques hommes conscients et avisés... Quelque part... Ils agiront peut-être... Mais sache que ce n'est pas toi, la coupable, Pandore. Tu as été la victime des hommes. Et surtout celle de Prométhée.

— D'où vient, Cassandre, cette folie des hommes ? Ne sommes-nous pas également coupables, nous, les femmes ?

— Oui, en les laissant faire et en les suivant. Ce faisant, nous prétendons les aimer, mais nous ne les aidons pas à se connaître. Ni à nous connaître, à ne plus nous craindre.

» Chez l'homme, la force du sentiment, lorsqu'elle s'enraie, se mue en toute-puissance. Lorsqu'il est privé de sentiment, l'homme est livré au pouvoir. Comme si le sentiment et le pouvoir ne pouvaient pas cohabiter en lui.

» Un homme qui ne connaît pas sa part féminine, qui l'a reléguée au fond de lui, s'est dépouillé d'une part essentielle de la vie, laissant la mort l'habiter.

» Cette incomplétude, ce déséquilibre attise en lui le conflit intérieur, et la violence. Au lieu de mettre son agressivité naturelle, sa belle combativité au service de l'altérité, de la femme, du féminin, il devient un loup enragé et dévorant pour lui-même et les autres, particulièrement pour les femmes.

» Si le sentiment, qui est d'essence féminine, n'est pas intégré par l'humanité, cela provoque les pires violences et perversions.

— Il y a cependant des femmes, Cassandre, qui se sont accommodées de ces hommes dont tu parles. Elles croient en toute bonne foi, en toute sincérité, que jouir de pouvoirs similaires va les mener à tisser un lien plus vrai avec les hommes.

— À tort, Pandore, à tort ! s'exclama Cassandre. Elles ne peuvent créer de vrai lien avec les hommes qu'en leur montrant la voie juste, sans les combattre avec acharnement, sans empiéter sur leur espace, sans désirer prendre, ou se mettre à, leur place. Mais en les comprenant avec clairvoyance et fermeté, sans pour autant faire preuve de complaisance. Et surtout, en ne tombant pas dans les pièges insidieux de leur propre pouvoir et désir de séduction, visant à enchaîner l'homme. Ce faisant, elles deviennent les premières victimes du contrat stérile qu'elles ont signé.

– Je comprends, Cassandre, approuva Pandore. Se croyant victorieuses, elles se réduisent elles-mêmes en esclavage et se trahissent.

– Mais toi, Pandore, en prenant ta revanche, tu as simplement exprimé ta souffrance d'avoir été rejetée par Prométhée. Tu as ainsi rétabli un équilibre salvateur pour toi. Tu as sauvé ta nature intérieure, de même que la nature extérieure. La terre, l'air, l'eau, et toutes les créatures vivantes. Même si tu n'en es pas encore consciente, ton acte était nécessaire.

» Tu as pris ta revanche, car tu as craint de perdre ton âme, de devoir la vendre aux hommes transformés par l'élixir de Prométhée. Tu as eu peur de devenir leur esclave.

» Le chemin de la femme est de devenir un sujet libre et souverain, ainsi que le dit si souvent Almathia. De cesser d'être l'objet de toutes les convoitises et de tous les esclavages. Et de lutter pour préserver la nature. Ce chemin ne dépend que d'elle.

– Y aurait-il une issue ? demanda fiévreusement Pandore qui avait écouté Cassandre avec attention. Il est vrai que je suis sauve, que je vis sur cette île en harmonie avec ce qui m'entoure. Mais Prométhée pourrait-il comprendre la femme qui l'a trahi et les raisons de sa trahison ? Et pourrait-il rétablir l'équité, la justice, l'équilibre ? Devenant ainsi le premier homme clairvoyant de ce monde en perdition ?

– Peut-être... répondit Cassandre, songeuse. Pandore, tu ignores encore une chose dont j'ai la conviction profonde. Tu es la fille de la terre-mère, de cette déesse universelle et éternelle. Tu figures son don total aux humains. Ainsi, tu es de celles qui peuvent se manifester en son nom.

» Ce monde est si désenchanté et vide. Il est l'ennemi de la femme souveraine, de la femme qui perçoit la vérité en elle. Mais toi, fille de la déesse de la terre, tu peux t'inspirer de son énergie naturelle pour recouvrer ton élan vital et créateur.

» Alors, peut-être, la violence de l'homme s'apaisera. Il consentira à partager plutôt qu'à s'approprier le monde, la nature, la terre, cette merveille dont il lui a été fait don et qu'il a traitée en maître implacable et ignorant.

» En inventant son « élixir de feu », Prométhée lui aussi a agi contre la terre. Je ne sais comment, mais il s'est approprié la puissance du feu et l'a donnée à des hommes impuissants et incapables de l'assimiler, de l'intégrer. Au lieu de mettre ce feu spirituel au service de la vie, il l'a mis au service de la mort, le dédiant au cerveau masculin borné. Prométhée s'est laissé détourner et envoûter par les illusions de ce monde, par sa démesure et son avidité. Aussi, a-t-il besoin d'être libéré.

– M'aideras-tu, Cassandre, lorsque l'heure d'agir viendra ?

» Déjà, la nature fait entendre sa voix de toutes parts. Elle est à bout de forces et de ressources. Bientôt, elle ne donnera plus de fruits, car les humains auront détruit tout ce qui la rend vivante. Possédant des richesses qui remplissent leur vide intérieur, ils se battent férocement pour en obtenir toujours davantage, s'exploitant mutuellement, s'entretuant, se massacrant.

» À l'opposé des animaux. L'animal est si humble et sobre par rapport à l'humain. Il ne prend à la nature que ce dont il a besoin pour survivre et se perpétuer. En tout, l'animal est mesuré et obéit à la loi de la vie et à son équilibre.

» L'humain, lui, a obtenu le plus grand don du ciel, la conscience. Mais, sa conscience n'a jamais atteint la maturité, la clarté, le discernement nécessaires. Encore trop faible et vacillante, elle s'est inévitablement brouillée, obscurcie, pervertie.

– Je voudrais t'aider, Pandore ! Mais comment faire entendre de telles paroles aux humains ?

– Toi, Cassandre, qui as connu la souffrance de ne pas être aimée. Toi, dont la voix s'est élevée en vain, sans que nul écho ne lui réponde, tu sauras peut-être parler aux hommes et te faire entendre d'eux.

TROISIÈME PARTIE

LE RÈGNE DES NAINS

CHAPITRE XX

Le soleil éclairait vivement les baies vitrées du cube. Prométhée se leva, s'étira avec souplesse, se vêtit et se rendit au laboratoire.

Épiméthée l'attendait avec impatience et excitation. Il allait absorber l'élixir une seconde fois. Se soumettre à l'expérience définitive.

— Prêt ? lui lança Prométhée.

— Oui ! Mais je n'ai pas encore vu Pandore ce matin. Cela me tracasse. En général, elle se lève tôt.

— Qu'importe !

— Pourquoi affiches-tu un tel dédain vis-à-vis d'elle ?

— Les femmes sont curieuses, maugréa Prométhée. Cela peut avoir des effets pernicieux. Mieux vaut les tenir à l'écart de ce qui est important.

— Peut-être as-tu raison...

Comme la première fois, Prométhée invita son frère à s'asseoir dans un fauteuil et le fit boire quelques gorgées de l'élixir qu'il avait pris soin de chauffer à l'abri de son regard.

Après qu'il eut passé quelques jours dans la petite chambre, Prométhée nota que tout allait bien. Épiméthée était dans une forme exemplaire.

Néanmoins, un fait infime ne manqua de le surprendre : sa tête avait insensiblement gonflé et ses tempes étaient douloureuses. Mais l'été particulièrement torride cette année pouvait être à l'origine de ce symptôme.

Aussi, Prométhée se contenta-t-il de vérifier avec soin le contenu de la fiole qu'il avait utilisée.

La couleur, l'odeur et la consistance de l'élixir n'ayant pas changé, il considéra superflu d'en approfondir l'analyse.

Ce ne fut qu'à son retour chez lui qu'Épiméthée s'avisa de la disparition de Pandore. Il en informa aussitôt Prométhée qui passa sa chambre en revue.

Sur la commode, adossée à un vase, il trouva une lettre à l'attention de son frère, que ce dernier n'avait pas aperçue. Pandore y annonçait en quelques phrases brèves qu'elle était contrainte de retourner dans son pays. Elle précisait qu'elle ne reviendrait pas.

À la lecture de ces mots, Prométhée sentit une vive colère sourdre en lui, ce qui l'irrita davantage, lui qui maîtrisait toujours ses émotions. C'était bien d'une femme, de partir au moment crucial d'une expérience ! Aucun homme ne se fût permis d'agir de la sorte. Insanité et irresponsabilité féminines ! Cela témoignait de la vacuité du féminin, de son inanité, de son inutilité ! Il avait été bien inspiré en déniant aux femmes l'accès à son élixir. Au laboratoire, Pandore serait remplacée par un homme.

Dans sa fureur, Prométhée allait jusqu'à concevoir un monde sans femme. La science serait-elle assez avancée pour perpétuer l'espèce humaine hors de la matrice ? L'homme ne pourrait-il développer en lui les qualités féminines nécessaires à la vie ? Redevenir androgyne, semblable à cette figure mythique parfaite ? Bien qu'il n'y eût pas la moindre preuve tangible de l'existence de cette androgynie ancienne, il y travaillerait. Il ferait en sorte que les femmes disparaissent à jamais, ou soient réduites à jouer un rôle minime dans le monde. Quel défi exaltant pour un chercheur de génie ! Quelle finalité glorieuse à son élixir de feu ! Quelle évolution incoercible de la civilisation !

Il arrêta net ses élucubrations. Épiméthée le dévisageait avec stupeur, alors qu'il froissait rageusement la lettre de Pandore. Avec un effort titanesque, il défroissa celle-ci et la remit à Épiméthée.

Lui, si mesuré, si maître de lui, si inébranlable, était en train de divaguer, élaborant les plus excentriques des perspectives ! Il avait suffi que cette femme disparût soudainement pour qu'il perdît ses moyens et fût la proie d'une colère foudroyante !

Sans un mot, il sortit de la maison et retourna au cube. Il avait beaucoup à faire : préparer la seconde distribution de l'élixir, faire acheminer celui-ci dans les multiples centres, puis en surveiller et en observer les effets sur chaque homme.

Des mois d'une activité intense, où il ne lui serait pas loisible de penser à autre chose qu'aux issues déterminantes de sa découverte. À l'accomplissement de sa mission.

CHAPITRE XXI

Tous les hommes élus avaient absorbé l'élixir une seconde fois. Tout se déroulait comme Prométhée l'avait prévu. Tout était défini, confirmé, assuré.

Désormais, Prométhée était connu dans le monde entier, et reconnu par ceux qui avaient soutenu sa découverte : des hommes de tous pays, tous milieux, toutes cultures, tous domaines. Non seulement, ils le reconnaissaient, mais ils l'admiraient, le glorifiaient, le louaient jusqu'à l'idolâtrie.

Las de ces manifestations continues, il se résigna à regagner son île, laissant à Épiméthée le soin de s'occuper des centres de distribution, des humains et de leur vaine adoration.

Quoique consterné par le départ subit de Pandore, ce dernier n'en avait pas souffert. Stimulé et galvanisé par sa nouvelle position et ses importantes fonctions, l'image de son ancienne compagne s'estompait.

Réfugié sur son îlot, Prométhée partageait son temps entre le cube et le grand laboratoire qui fourmillait de visiteurs. De nombreux chercheurs venaient y puiser l'inspiration, l'expérience et la connaissance. Prométhée leur diffusait un enseignement riche et prometteur.

En vérité, son œuvre accomplie et son triomphe lui laissaient un arrière-goût amer. Chaque soir, dans son cube, l'étrange douleur s'exacerbait en lui. Comme une vieille cicatrice qui se déchirait, ou une plaie qui redevenait béante. Désemparé, il en ignorait l'origine. Mais à ces instants, Pandore lui réapparaissait en femme sombre et menaçante. Ennemie éternelle de l'homme.

Outre cette tension extrême, il ne se résignait pas à abandonner son élixir. Il s'obstinait à poursuivre ses recherches, dans le but d'atteindre la perfection absolue, celle qui ferait de l'humain le maître incontesté et incontestable de l'univers. Il lui fallait parachever ce breuvage, le rendre infaillible pour que davantage d'hommes pussent prospérer.

Il déplorait que seule, une minorité d'élus l'avaient absorbé, tous dirigeants et puissants, dominant le monde dans des domaines variés. Or, la plupart de ces hommes brillaient déjà par leurs talents naturels. De nombreux autres en eussent eu davantage besoin. Épiméthée, le premier esprit ordinaire à s'être brillamment éveillé grâce à l'élixir, n'était-il pas l'exemple incontestable de la justesse de son raisonnement ?

Les rares fois où il lui arrivait encore de prendre la parole, lors de quelque cérémonie ou inauguration d'un nouvel ouvrage, c'était pour suggérer que sa découverte profitât au plus grand nombre.

Mais partout, des voix illustres s'opposaient à un tel essor de l'élixir. Celui-ci devait rester la panacée des élus. Ces derniers étaient assez nombreux, et leurs descendants hériteraient naturellement de leurs aptitudes enrichies et étendues. Quant à la multitude d'exclus, ils n'en avaient nul besoin.

C'est ainsi qu'une vive polémique s'éleva et s'envenima. Implacable, elle clouait au pilori les tentatives de Prométhée de rendre son élixir plus accessible. « Tous les hommes n'ont pas pour destinée de penser, de créer, de se réaliser, répétaient des voix véhémentes. De nombreux hommes goûtent une vie modeste, et ne désirent pas laisser leur empreinte sur terre, n'étant pas capables d'endosser la lourde responsabilité du savoir, de la connaissance, du pouvoir... ».

Peu à peu, cette conception pernicieuse essaimait dans tous les pays et milieux. « Nombreux sont ceux qui préfèrent nous voir penser et être conscients à leur place, leur dicter les règles et modes de vie à suivre, leur indiquer le sens de leur vie... ». Ce qui n'était pas sans alarmer Prométhée.

Il n'était pas moins surpris et troublé d'apercevoir un nombre croissant de femmes dans les assemblées, bien qu'aucune n'eût absorbé l'élixir.

Un jour, l'une d'elles se leva et le fixa droit dans les yeux.

– Pourquoi les femmes n'ont-elles pas accès à votre élixir ? l'interrogea-t-elle d'un ton agressif.

Prométhée ne répondit pas. Cette question avait réveillé la douleur lancinante qui le tourmentait. Lorsqu'il reprit ses esprits, il s'exprima maladroitement, avec la sensation de répéter une leçon convenue, apprise par cœur pour se justifier, mais qui n'était pas tout à fait vraie.

– Les femmes n'en ont pas besoin, déclara-t-il froidement. Leur cerveau ne fonctionne pas de la même manière que celui des hommes. Elles sont reliées à la matière pour que la vie perdure. L'élixir aurait sur elles un effet pervers qui les dénaturerait, et ravagerait la vie en dernière instance.

– Cependant, de nombreuses sont aptes à élaborer, à concevoir, à créer ! répliqua son interlocutrice. Pourquoi les en empêcher ?

– Elles font déjà toutes choses utiles en leurs domaines ! rétorqua Prométhée. Elles agissent à partir de leur vie intérieure, de leurs émotions, leurs humeurs, leurs sentiments...

– Mais, s'obstina-t-elle, vous provoquez ainsi une exclusion qui divise l'humanité au lieu de l'unir.

– Madame ! s'exclama Prométhée d'un ton péremptoire, ce n'est pas mon élixir qui engendre les divisions et les conflits au sein de l'humanité, ce sont les êtres humains eux-mêmes ! Une conscience éveillée devrait les guérir de cette fâcheuse tendance. C'est d'ailleurs l'un des effets de mon élixir.

– Il n'en est cependant rien ! se récria une autre femme, belliqueuse. Les hommes utilisent l'élixir pour nous dominer davantage, exacerbant les relations de force et de pouvoir entre eux et nous !

– Vous m'en voyez désolé, conclut Prométhée sèchement. Mais je ne puis rien à cela. Il faut attendre encore. Les effets de l'élixir sont complexes et peuvent le devenir de plus en plus, créant d'imprévisibles alchimies dans l'esprit masculin.

Ce fut la dernière intervention publique de Prométhée. Les paroles échangées avec ces femmes avaient ébranlé sa foi en son élixir et sa faculté de perfectionner la civilisation. Elles ravivaient en lui un doute déchirant.

Il ne comprenait pas pourquoi les femmes s'interrogeaient et se soulevaient contre un ordre établi depuis toujours, et considéré comme juste. Ne s'y étaient-elles pas assujetties et ne l'avaient-elles pas accepté de plein gré, y inscrivant leur vie et leur destinée ? N'avaient-elles pas adhéré au monde masculin pour leur agrément et leur confort ?

Certes, pour conforter les hommes dans leur conviction d'être les conquérants, raffermir leurs forces, les soulager de leurs faiblesses et leurs insuffisances, elles étaient contraintes de contrôler et de circonscrire leur nature féminine. Elles sacrifiaient en cela leur sens inné de la justice et de l'équité, la justesse de leur instinct, la loyauté à leurs intuitions et presciences.

C'est ainsi qu'au fil du temps, la division, la scission, les conflits s'étaient accrus, avaient rogné les ailes, ancré les habitudes et les schémas, scindant le monde en deux parties antagonistes. Dominants et dominés, maîtres et esclaves, nantis et misérables, hommes et femmes...

Était-il concevable que l'humanité se fût trompée et fourvoyée durant des milliers d'années ?

Prométhée s'était-il totalement leurré ? Lui aussi abusé par l'illusion de la puissance ?

CHAPITRE XXII

Épiméthée était devenu une figure notable. Abandonnant son passé et se précipitant vers le futur, il se mouvait avec aisance dans les rets du pouvoir. Les deux frères ne s'étaient pas vus depuis un long temps. Lorsque Prométhée s'enquit de lui, Épiméthée lui fit remettre une invitation à une mystérieuse assemblée.

Sans l'en aviser ni mesurer les conséquences de sa précipitation, Épiméthée avait institué un ordre secret, une sorte d'élite de l'élixir où seuls étaient admis les élus, les dominants et les dirigeants reconnus pour leurs capacités. Une confrérie qu'il avait dénommée « l'Ordre de l'esprit ». Ses membres se réunissaient chaque mois dans sa demeure, qu'il avait fait considérablement agrandir.

À l'arrivée de Prométhée, nombre de participants étaient déjà présents, d'autres encore attendus. Une centaine d'hommes de toutes nationalités faisaient partie de l'ordre prestigieux. Leur assemblée se tenait dans une vaste salle que Prométhée voyait pour la première fois. En dépit de son décor fastueux, celle-ci était dénuée de charme et de chaleur.

Prométhée cherchait du regard Épiméthée parmi la foule de plus en plus dense, lorsqu'il le vit soudain apparaître. Son regard se figea.

L'homme qui s'approchait de lui avec un large sourire était bien son frère, mais méconnaissable pour qui l'avait connu auparavant. Plus petit, massif et trapu, sa tête en paraissait d'autant plus proéminente. Sa silhouette était disproportionnée. Il boitait légèrement, la démarche contrainte par sa corpulence. Malgré tout, il semblait enchanté, peu soucieux de sa nouvelle apparence.

Prométhée ne laissa rien paraître de son saisissement.

– Prométhée, cher frère ! s'exclama Épiméthée, te voilà enfin ! Comme je suis heureux de te revoir ! Toujours aussi beau et élégant ! Aujourd'hui, tu seras le membre d'honneur de notre assemblée. Viens, que je te présente...

À peine Prométhée eut-il le temps d'articuler quelques mots qu'Épiméthée l'entraînait vers un groupe d'hommes au centre de la salle. En s'approchant d'eux, Prométhée s'aperçut avec stupeur du changement qui les avait affectés, eux aussi. Semblables à Épiméthée par leur taille, leur corpulence, leur tête dilatée, leur démarche bancale, ils avaient un maintien déplaisant, voire grossier.

Ils le saluèrent avec une affectation triviale, le considérant de haut, ayant déjà balayé de leur mémoire l'inventeur de l'élixir. Similaires, conformes, de la même espèce, ils se croyaient forts et invincibles. Tous affichaient la même morgue, imprégnée de suffisance et de supériorité. Entre eux, ils se serraient les mains, se félicitaient et se frappaient sur les épaules, sans la moindre amitié ni bienveillance.

Prométhée les considérait avec accablement. « Ce n'est pas cela que j'avais imaginé, inventé, prévu pour les humains. Ceux-ci estiment être pénétrés par l'esprit. Ils croient en leur suprématie, ignorant qu'ils ne portent qu'un vulgaire masque dissimulant une pitoyable infériorité. Qu'est-il arrivé ? ».

Il écouta avec attention leurs discours, et n'y décela pas davantage l'esprit qu'il admirait, prônait, et s'était persuadé d'avoir offert à l'humanité pour éveiller sa conscience et son intelligence, la faire progresser, et la rendre digne d'avoir été créée aux fins de régner sur le monde.

En effet, quoique passés maîtres en leurs domaines, les membres prétentieux de l'Ordre n'étaient nullement imprégnés par cet esprit qui présidait aux conceptions vastes et élevées, à la vision de la vie et du monde dans leur totalité. En eux, celui-ci avait été dévoré par le cerveau qui sépare, tranche, scinde, cloisonne la connaissance en mille domaines, appauvrissant l'intelligence, atrophiant l'être entier, en rétrécissant les vues, les enfermant dans des schémas normalisés aux contours rigides.

Ce qui frappait le plus Prométhée, était leur déclinaison d'idées, de concepts, de réflexions pauvres, stériles, incohérentes, sans sagesse ni profondeur, sans fondement ni liens établis entre le passé et le présent.

Plus insensé encore : chacun de ces hommes, prétendu membre d'une élite, se considérait supérieur aux autres, en dépit de son apparence grotesque, de son langage indigent, de l'étroitesse de sa conscience, de la petitesse de ses desseins, du vide de son âme.

Le cerveau avait atteint en eux une telle outrance qu'il semblait les posséder sans qu'ils s'en doutassent, les enfermant dans un cadre exclusivement cérébral, au mépris de tout sentiment, toute sensibilité, toute humanité.

Une seule chose leur importait, qu'ils jugeaient essentielle, prépondérante, unique, et qui ne laissait nulle place à la créativité, au renouvellement, à la transformation, à l'esprit original et inventif, apte à répondre aux aléas inévitablement changeants de la vie.

C'était leur pouvoir, leur dominance, leur puissance.

Alors qu'ils péroraient sans fin et sans but, se rengorgeaient, se flattaient mutuellement, s'enorgueillissaient avec fatuité, Prométhée sombra dans une irrépressible hébétude.

« J'admets, se disait-il, ne pas être un modèle de vertu humaine. Je me voulais invulnérable et fort, face à ce que je considérais comme des faiblesses préjudiciables à l'évolution du monde. Mais ce que j'entrevois ce soir est pour le moins terrifiant. Serait-ce dû à un effet pervers de l'élixir que je n'aurais pas prévu ? Aurais-je, à mon insu, généré un monstre ? ».

À cette idée, il était saisi de panique. En définitive, Épiméthée n'avait pas créé un Ordre de l'esprit, mais un Ordre du cerveau, où l'esprit était réduit à l'état d'instrument, mis au service du cerveau et de ses limites.

Incapable d'en supporter davantage, Prométhée prit congé et s'échappa avant la fin de l'assemblée, fuyant ce cerveau monstrueux qui fondait l'Ordre, et dans l'émergence duquel il avait sa part de responsabilité, voire de culpabilité.

Ce ne fut qu'à son retour sur l'île que Prométhée put respirer librement. Il passa la nuit à la sillonner, contemplant les arbres grandioses, empreints d'une noblesse naturelle, immuables.

Méditant sur les hommes nouveaux rencontrés chez Épiméthée, il tentait de se convaincre que son élixir avait eu des effets imprévus, ou avait été inexplicablement corrompu.

Les hommes qu'il venait de voir, y compris son propre frère, semblaient désincarnés, dominés par leur cerveau, n'existant qu'en fonction de ses exigences. Le cerveau, cet outil fonctionnel, rationnel, froid et tranchant comme une lame de couteau, leur octroyait tous pouvoirs pour construire un monde à son image.

Qu'allaient réaliser ces cerveaux recelés par les têtes dilatées de ces hommes ? Qu'avaient-ils déjà réalisé dont il ignorait l'ampleur et le péril ?

Il avait créé son élixir en toute bonne foi et rectitude, mais aussi en toute crédulité, sous l'influence d'une vision utopique des hommes. Les connaissait-il vraiment ? Il les avait désirés à l'image des dieux. Une erreur humaine peut-être, mais impardonnable, dont les effets seraient irrémédiables.

À l'aube, Prométhée prit une décision : il lui fallait observer et déchiffrer le monde, en voir la réalité telle qu'elle était et non telle qu'il l'avait rêvée.

Partir en quête de la source de cette tragédie.

Chapitre XXIII

Les anciens amis d'Épiméthée, Amalthée, Althée, Aris et Cypras, répondirent aussitôt à l'appel de Prométhée.

Il les interrogea sur les raisons pour lesquelles ils n'avaient pas souhaité absorber l'élixir une seconde fois. Ils lui répondirent en toute simplicité qu'ils n'avaient nul désir d'être transformés par un quelconque artifice, que l'unique chose qui leur importait était de préserver leur intégrité.

Prométhée notait avec soulagement qu'ils n'avaient pas changé et étaient restés les mêmes, toujours unis fraternellement, toujours vivants, chaleureux et généreux. Amalthée le scientifique, Althée le spécialiste technique, Aris le peintre et Cypras le musicien.

Il leur parla longuement de l'Ordre créé par Épiméthée à son insu. Puis, il les pria de l'accompagner dans un voyage à travers le monde.

– J'ai besoin de vous, leur expliqua-t-il, car vous n'avez bu l'élixir qu'une première fois et êtes restés les mêmes. Vous n'avez pas changé de manière grossière, à l'instar des hommes qui l'ont absorbé à deux reprises. Vos regards sont pénétrants, vos esprits aiguisés, vos pensées claires et impartiales. J'ai besoin de vos réflexions et vos observations, ainsi que de votre intuition, pour voir le monde tel qu'il est, pour m'aider à comprendre ce qui s'est passé.

– J'en suis ! accepta Cypras avec spontanéité. Et vous, mes frères ?

– Nous aussi ! approuva Amalthée. Par où commencerons-nous ? Où irons-nous en premier lieu ?

– Je suggère la plus grande ville du monde, NC, répondit Prométhée. Nous nous partagerons les secteurs de la ville et les différents domaines. Si nécessaire, nous nous rendrons dans d'autres pays, ainsi que dans les campagnes, pour examiner l'état de la nature.

— Je vais organiser notre voyage, proposa Aris avec obligeance. Je suis le moins occupé de nous tous.

Prométhée se sentait infiniment soulagé. Il allait agir, ce qui lui donnait un regain de vitalité. Chercher, explorer, analyser, toutes choses qui étaient de son ressort. Il restait un infime espoir, peut-être, de préserver l'humanité du péril qui la menaçait.

Il avisa Épiméthée de son prochain voyage, sans lui donner de précision. « C'est étrange », pensa-t-il en lui faisant ses adieux, « sa transformation physique s'accentue. Il n'est plus lui-même. Or, l'homme dont l'esprit s'éveille devient lui-même et non un autre... ».

Il rejoignit les quatre frères à NC, une cité gigantesque qui ressemblait à une toile d'araignée géante ayant pris dans ses filets une multitude d'insectes. C'était la ville la plus peuplée, la plus industrieuse, la plus riche et la plus pauvre, sans conteste la plus représentative de ce monde neuf. Celle où vivaient et se rencontraient les dirigeants des peuples, les membres de l'Ordre créé par Épiméthée, ainsi qu'une grande partie de ceux qui avaient absorbé l'élixir.

Les cinq hommes s'installèrent dans un hôtel simple, discret, à la périphérie sud de la ville. Prométhée était vêtu avec sobriété, dissimulant sa chevelure sous un chapeau. Les quatre frères avaient une apparence ordinaire, se fondant aisément dans la foule.

Ils se partagèrent les principales parties de la ville : Prométhée le centre, Amalthée le nord, Althée le sud, Aris l'ouest et Cypras l'est. Ils convinrent de s'entretenir quelque temps après de ce qu'ils auraient vu, entendu et découvert au hasard de leur quête.

Les premiers jours, Prométhée fut en proie à une extrême confusion. Avait-il si peu observé le monde ? Avait-il si peu de connaissance de la nature humaine pour n'avoir su anticiper, ni même concevoir, la possibilité d'une telle mutation ? Comment un tel monde avait-il pu émerger aussi rapidement ? Se pourrait-il qu'il fût déjà en gestation et que son évolution se fût seulement accélérée ?

La nuit tombée, il se hâtait de se réfugier dans sa chambre, s'effondrant sur son lit et sombrant dans un sommeil peuplé de rêves angoissants. S'éveillant en sueur, anxieux, il tentait de mettre de l'ordre dans les images chaotiques qui s'acharnaient à brouiller son jugement. Il s'efforçait de penser avec rigueur, de demeurer au centre de la réalité sans se risquer vers les extrêmes, ni dans un sens ni dans l'autre. Il lui fallait assimiler la totalité de ce qu'il appréhendait, sans l'exagérer ni la mésestimer.

Une première réflexion s'ébauchait en lui.

La nouvelle humanité semblait divisée en deux catégories d'êtres. Les forts qui appartenaient à l'élite, et tous les autres, considérés comme faibles, donc susceptibles d'être asservis à la conception dominante.

La toute-puissance matérielle !

Quoique vaine, artificielle et grossière, les dominants ne lui en vouaient pas moins un culte insatiable, la renforçant par leur habileté à manier les sciences et techniques complexes.

Ils avaient ainsi engendré un monde impitoyable, radicalement opposé à celui auquel Prométhée avait aspiré pour l'humanité.

Un monde inique, si différent du vaste esprit de feu qui se déployait en toute liberté, prodigue en richesse et en beauté, guidant les humains vers la plénitude de leur destinée.

Un monde élaboré par un cerveau déficient et perverti.

Tous les domaines de la vie étaient gangrenés par une force brute, une puissance aveugle, et une conception unilatérale érigée en principe supérieur. Toute conscience personnelle, toute pensée libre et originale, toute possibilité de création et de renouvellement en avait été extirpée.

Au cœur de la ville géante, les humains étaient devenus la proie de ce monde divisé, que révélaient les contrastes tranchants, les oppositions, clivages et conflits, les violences, les brutalités à peine dissimulées par le vernis fissuré de la civilisation.

Ceux qui avaient absorbé l'élixir étaient, à l'instar d'Épiméthée, de plus en plus petits et disproportionnés, leurs têtes gonflées celant leurs cerveaux déréglés.

Semblables à des nains, ils étaient devenus pour ainsi dire des « cerveaux-nains ».

Ceux qui n'avaient pas absorbé l'élixir étaient restés les mêmes. Mais leur esprit ne s'était pas éveillé. Comble de l'absurdité : ils éprouvaient pour les « cerveaux-nains » une attirance outrée et maladive. En les considérant, Prométhée se répétait les paroles d'un ouvrage qui énonçait avec justesse le lien reliant ces deux catégories d'humains. Devenues les faces indissociables d'un miroir, l'une ne survivant que grâce à l'autre, les deux agissant aveuglément en faveur de leur pérennité, dans la plus totale ignorance de ce qui se jouait, elles mettaient en péril leur existence même.

Une existence fondée sur « un système d'esclavage où les esclaves auraient l'amour de leur servitude » et de leurs maîtres, les « cerveaux-nains ».

Une existence déterminée par une loi uniforme, donnant lieu au conformisme réducteur, à la standardisation dévastatrice, aux penchants ravageurs, à la féroce compétition. Une vie de troupeau où les humains avaient pour unique aspiration celle de se ressembler et, par-dessus tout, de ressembler aux « cerveaux-nains », chacun s'égarant dans la multitude, en conformité avec les autres, y perdant son individualité, sa destinée, son chemin.

Aux antipodes de la civilisation, les humains paraissaient refluer vers le règne animal, sans toutefois en posséder les dispositions saines et mesurées.

Prométhée, qui avait aimé si éperdument la civilisation pour lui consacrer toutes ses forces, ses facultés, ses connaissances, pour lutter avec acharnement contre le primitivisme et les archaïsmes, pour semer les graines de la croissance, pour contrer l'aveuglement, l'inertie et l'ignorance, subissait cruellement ce regain de sauvagerie qu'il surprenait chez les humains, camouflé par une pensée rationnelle qui altérait toute vision juste et vraie.

Et c'étaient les « cerveaux-nains » qui leur avaient ouvert cette voie insensée : les hommes qui avaient absorbé « son » élixir.

À cette idée, Prométhée était envahi d'humeurs incontrôlables, ce qui lui était inhabituel et heurtait sa fierté. Il lui arrivait même de sentir des larmes couler sur ses joues, d'insignifiantes billes tièdes dont il percevait pour la première fois le goût salé, semblable à celui de la mer.

La veille de son entretien avec ses compagnons, il ne sortit pas, restant confiné dans sa chambre. Il s'endormit d'un sommeil léger. Dans ses rêves, passait et repassait un nain arrogant, impudent, cynique, broyant de ses mains velues le monde, qui avait la forme d'une bulle délicate. Autour de lui, d'autres nains aux faces grossières jonglaient avec des êtres humains minuscules, qui étaient entre leurs mains comme des grains de sable. D'autres encore, plus barbares, se débarrassaient avec habileté des hommes et des femmes, les précipitant aux confins de l'univers, là où il n'y avait plus trace de vie. Dans les ténèbres infernales, où ils étaient soumis à d'ignobles tortures.

S'éveillant en tremblant, les mots « maudits, monstres, barbares... » montaient aux lèvres de Prométhée.

« Misérable, qu'as-tu fait de tes semblables ? Au lieu de leur apporter liberté, progrès, bonheur, tu les as damnés ! ». Les palpitations frénétiques de son cœur, la tension excessive qui contractait son corps, le conflit qui le ravageait ne s'apaisèrent qu'à l'aube.

Chapitre XXIV

Ils attendaient Prométhée dans un petit salon de l'hôtel. Les quatre amis loyaux, munis de leurs notes, rapports, documents, le regard aiguisé, mais la mine décomposée, les traits tirés, les cheveux en broussaille. Eux aussi avaient pâti des images qu'ils rapportaient de leur périple.

— Asseyez-vous ! les pria Prométhée avec chaleur. Cela fait plusieurs jours à présent que nous arpentons les rues de cette ville, que nous en visitons les lieux importants, en rencontrons les habitants, en humons l'air, en écoutons les bruits et les rumeurs ...

» Je vous avoue que cette expérience m'a profondément perturbé. Et vous, mes amis ?

— Nous également... murmurèrent-ils, consternés.

— Je vous remercie d'être à mes côtés. Sans vous, je n'aurais pas pu affronter cette épreuve. Amalthée, veux-tu commencer ?

— Oui, Prométhée. Dans le domaine des sciences, d'importantes transformations sont amorcées depuis quelques années. Celle qui m'a paru la plus révélatrice, est la dépendance des sciences, autrefois libres, des puissances de l'argent. Les scientifiques n'explorent plus, n'inventent plus par aspiration personnelle, par passion, pour la recherche de la vérité, la connaissance du monde et de ses mystères, ni même pour améliorer la vie et ses conditions...

— ... certains cependant se consacrent à l'amélioration de la santé de leurs semblables, l'interrompit Althée. Ils semblent sincèrement soucieux de la santé et du bien-être des humains...

— En effet, convint Amalthée. Mais ce sont des hommes qui n'ont pas bu l'élixir. Dans tous les domaines, il reste des humains conscients, éveillés, qui tentent de lutter contre les dominants. Mais la plupart d'entre eux subissent de graves déconvenues. Alors, ils se taisent et battent en retraite...

– Ils n'ont pas été affectés par les mêmes transformations que ceux qui ont absorbé l'élixir, précisa Prométhée. À ce propos, j'ai attribué à ces derniers un nom : les « cerveaux-nains »...

– Bonne appellation ! s'exclama Aris. Si juste !

– Les « cerveaux-nains » donc, reprit Amalthée, se métamorphosent à une vitesse accrue. Par ailleurs, Prométhée, j'ai appris une chose fondamentale. Certains ont déjà eu des enfants, conçus par les femmes qui n'ont pas bu l'élixir. Or, il s'avère que les nouveau-nés présentent les mêmes caractéristiques que leurs pères. Ils ont des corps beaucoup plus petits que ceux des autres enfants, des têtes immenses, des capacités cérébrales supérieures à la norme, inquiétantes et dangereuses.

– En quoi sont-elles inquiétantes et dangereuses ? demanda Prométhée, tenaillé par l'angoisse.

– Inquiétantes et dangereuses comme celles de leurs géniteurs, répondit Amalthée. On constate déjà chez eux, aussi jeunes soient-ils, une tendance irrépressible à la domination, ce qui est une perversion peu naturelle chez un enfant.

– Et l'on ne pourra rien contre eux... constata Althée avec gravité.

– Aimant leur servitude... murmura Prométhée, égaré.

– Oui ! s'exclama Althée. Dans le domaine technique également, les « cerveaux-nains » dominent, décident, ont tous pouvoirs. Ils ne voient plus le monde tel qu'il est, ils perdent leurs aptitudes sensorielles. D'ailleurs, un grand nombre d'eux portent à présent des lunettes. Sans pour autant y voir plus clair ! acheva-t-il avec ironie.

– Mes amis, fit Prométhée avec lassitude. Nous voici face à un paradoxe insoluble. Ceux qui ont absorbé l'élixir ont tous pouvoirs. Des pouvoirs qu'ils devraient consacrer au véritable progrès, à la justice, à l'esprit créateur, cette souveraine semence plantée par les dieux en chaque être. Or, ils sont en voie de devenir des êtres totalement limités et déficients.

– Déficients ! répéta Amalthée. Nous en avons pour preuve leur transformation physique, leur dénaturation, leur infirmité, leur étiolement, sans compter leur aspiration excessive au pouvoir, leur impuissance à évoluer. Cela ne peut mener qu'à un appauvrissement extrême, à une vie de misère, tout à fait indigne des humains !

» Le pire est qu'ils croient agir à bon escient, aveuglés par le sentiment incoercible de leur importance. Ils ne se voient pas tels qu'ils sont, comme s'ils avaient supprimé de leurs somptueuses demeures tous les miroirs. Ils ne voient pas davantage leurs semblables. Donc, ils se renvoient mutuellement les images fausses et flatteuses qu'ils ont d'eux-mêmes.

— Quant à considérer le monde, la nature, la terre, ils en sont de plus en plus éloignés, déclara Althée. Car ils se sont fourvoyés dans la technique et ses pièges subtils. Celle-ci a tout envahi, et possède fatalement les humains qui rampent devant elle comme devant une idole dotée de toutes les vertus et perfections, apte à les élever vers les plus vertigineuses hauteurs, vers les cieux eux-mêmes !

— Que leur apporte la technique ? interrogea Prométhée, pâle comme la mort, car il pressentait la réponse à sa question.

— Le sentiment d'être les plus forts face à la réalité ! répondit Althée. De tout maîtriser, tout contrôler, tout savoir, tout prévoir, d'être les maîtres absolus d'un univers qu'ils n'ont pas créé et dont ils ont oublié le créateur.

— Tout prévoir... répéta Prométhée avec amertume. Je sais ce que cela signifie. Je le sais plus que quiconque, pour mon malheur...

— Oui, tu le sais, admit Althée, mais tu es encore capable de douter. Alors qu'eux n'ont plus le moindre doute, la moindre incertitude quant à leur triomphe définitif.

— Quel triomphe ?

— Leur triomphe sur la vie, sur le monde, la nature, la terre, l'air, l'eau, le cosmos ! Leur triomphe sur eux-mêmes, sur les aspects d'eux qu'ils exècrent et piétinent, comme l'intuition et la clairvoyance, sans compter leur aspect féminin, naturel, sensible, irrationnel...

— Je comprends, fit Prométhée d'une voix altérée. Et qu'en est-il des arts, Aris ? Et de la musique, Cypras ?

— À première vue, si je puis parler ainsi, fit Aris avec dérision, les arts n'existent quasiment plus, du moins tels que nous les avons connus dans le passé, ou tels que nous les admirons encore dans les musées.

— Ni la musique, ni la poésie... enchérit Cypras, sombre.

— Les arts, reprit Aris, obéissent à la même logique impitoyable. Les « cerveaux-nains » y sont dominants, connus et reconnus par la multitude qui les adule, en dépit de leur indigence et leur médiocrité. Les autres, sans doute les derniers vrais créateurs, sont méconnus, ignorés, rejetés. Comme nul ne les connaît ni ne les reconnaît, ils ne sont plus que d'illustres inconnus. Ils risquent de disparaître rapidement, car ils ne peuvent survivre dans un monde où leurs œuvres n'ont plus de sens...

– Il reste pourtant des musiciens, précisa Cypras, j'en ai rencontré certains et ai écouté leur musique. Il est vrai que là aussi, les « cerveaux-nains » ont fait des ravages, dominant tout le processus créateur, usant et abusant de la technique pour concevoir et transmettre la musique. Ce qui ne saurait que la détruire, car la musique naît avant tout au sein de la conscience...

Cypras s'interrompit, en proie à une vive émotion. Il aimait la musique et en pénétrait avec justesse l'essence. Jaillie des profondeurs de l'être, inspirée par sa part divine, comment la technique et ses artifices pourraient-ils lui permettre de se manifester librement ? La musique était un écho de la voix des dieux. Une voix transfigurée, transformée en sons qui parlaient directement à l'âme, au cœur, au corps. Jamais elle ne transiterait par le cerveau, ne résonnerait en celui-ci.

– Le cerveau n'est qu'un vulgaire outil, semblable à une mécanique quelconque ! s'écria Althée qui partageait l'émotion de Cypras. En aucun cas, il ne saurait déterminer l'être humain, sa vie, sa destinée, et encore moins les manifestations de l'esprit et du divin en lui. Néanmoins, c'est ce que tentent de faire croire aux humains les « cerveaux-nains ». Un esclavage de plus...

– C'est un malheur inexprimable, mes amis... balbutia Prométhée, troublé. Et dire que j'ai cru, moi aussi, dans les dispositions de l'esprit !

– L'esprit, non le cerveau ! rectifia Amalthée.

– Oui, l'esprit, l'esprit... Cependant, j'ai cru qu'en améliorant les capacités du cerveau, l'humain serait inspiré par l'esprit et règnerait avec équité sur le monde. Mais une chose inconcevable est survenue, un grain de sable s'est insidieusement infiltré dans le rouage, qui en a inversé le processus. Dès lors, l'esprit s'est amenuisé, amoindri, et le cerveau a pris toute sa place.

– Mes amis, avez-vous constaté d'autres phénomènes encore ?

– Oui ! s'exclamèrent-ils de concert.

– La puanteur ! dit Althée.

– Le vacarme ! rugit Cypras.

– La saleté et la laideur ! compléta Aris en grimaçant.

– La violence... conclut Amalthée.

– Donnez-moi des précisions, je vous en prie, s'enquit Prométhée qui avait retrouvé son calme.

– Il règne dans la ville une puanteur suffocante qui ne paraît nullement indisposer les humains. L'habitude de ne plus respirer d'air pur s'est déjà infiltrée en eux, semble-t-il...

– D'où provient cette puanteur ?

– Des activités industrieuses et techniques, expliqua Althée. De tous les véhicules à moteurs qui dégagent des substances nocives, et des humains eux-mêmes, trop nombreux pour un espace aussi restreint, qui font preuve d'une invraisemblable insouciance et indifférence.

– C'est bien ce que j'ai perçu, déclara Prométhée. À tel point que j'en ai été souffrant. Et tu dis, Althée, que les humains n'en sont pas gênés ni affectés, qu'ils l'acceptent sans se rebiffer ?

– Oui. Ceci étant, j'ai visité des centres thérapeutiques. De nombreux humains, dont des enfants et des personnes âgées, souffrent de troubles et de maux irréversibles. Nul scientifique, nul thérapeute n'établit de lien entre la puanteur et ces troubles indéfinis, aux causes inconnues. Mais cela me paraît une évidence.

– À moi aussi ! approuva Prométhée avec indignation. Ainsi, les humains acceptent sans rechigner les conditions de vie les plus néfastes, malsaines, insensées ! Et ils n'en sont pas conscients ! Cela est pour le moins stupéfiant !

– Dans les hautes sphères, nota Cypras, les « cerveaux-nains » se félicitent de cette réaction humaine, car elle les conforte, les justifie, les soutient, leur permettant de perpétrer en toute bonne foi leur œuvre de destruction. Ils prétendent, avec une habileté perverse, que l'humain s'adapte à tout, que cela atteste de son infinie souplesse ! Et ils se glorifient de la force surhumaine dont il leur a été fait don grâce à ton élixir, Prométhée...

– « Mon » élixir... soupira Prométhée, blême. Est-ce lui qui a causé tous ces ravages ?

– Non ! réfuta Althée avec impétuosité. Ce n'est pas ton élixir, le principal responsable. Non, je refuse de le croire !

– Cependant, cette vie nouvelle, ce monde nouveau est placé sous la férule des « cerveaux-nains », ceux qui ont absorbé mon élixir ?

– N'oublie pas, Prométhée, que ton élixir était dans l'air du temps, repartit Althée. Et que, même sans lui, de tels changements se seraient produits.

– Je te remercie, Althée. Mais que dis-tu de cette transformation grotesque des hommes les plus illustres du monde, que j'ai appelés « cerveaux-nains » ? Elle n'était pas dans l'air du temps ! C'est bel et bien après avoir bu mon élixir une seconde fois qu'ils se sont transformés aussi radicalement...

» Et toi, Cypras, tu as parlé de vacarme ?

– Oui ! Les habitants de la ville eux-mêmes font de plus en plus de bruit. De même que la puanteur, ils acceptent sans broncher ce vacarme qui altère peu à peu leur capacité d'entendre et d'écouter. Il leur devient même nécessaire, comme s'ils avaient peur du silence, de ce silence bénéfique à la vie.

– S'habituer au pire... murmura Prométhée en serrant les dents.

– Oui, s'habituer...

– Que signifie s'habituer à quelque chose ? s'exclama soudain Prométhée.

– Ne plus réagir ! riposta Aris. N'être plus étonné, plus affecté, ne plus se questionner, ni sur les causes ni sur les effets. Ne plus s'interroger sur le mode de vie et la relation avec les autres qui nous sont imposés. En dernier ressort, vivre dans une totale inertie, sans la moindre conscience...

– Aveugle et sourd ! compléta Althée.

– Sans odorat ni flair ! renchérit Cypras.

– Les sens, la sensibilité, l'intuition et la conscience atrophiés ! conclut Prométhée.

» Aris, veux-tu nous parler de la « laideur » et de la « saleté » que tu as mentionnées ?

– Ce qui a été édifié et construit ces dernières années, tend à remplacer les derniers espaces libres et naturels de cette ville. Tout me paraît hideux, d'une laideur inouïe ! Qu'il s'agisse des matériaux utilisés, des couleurs, des formes, des décors... Comme si le sens esthétique et poétique avait complètement disparu ! Les formes des édifices sont toutes semblables. Ceux-ci sont de plus en plus exigus et élevés, de parfaites représentations de la puissance des « cerveaux-nains » !

» La laideur vient surtout de ce qu'ils sont identiques, uniformes et conformes à des règles strictes. Les humains ne peuvent qu'y subsister lamentablement.

– Un cerveau monstrueux règne sur ce monde, énonça Prométhée en frissonnant. Un cerveau abyssal qui produit une pensée et une conception uniques de la vie.

– Oui, acquiesça Amalthée. Une pensée commune à tous, qui détruit l'esprit personnel recelé en chaque être humain. Cet esprit qui pourrait prodiguer au monde une variété riche et infinie de formes. Formes esthétiques, formes de pensée, formes de vie...

– Et la « saleté », Aris ?

– Les humains se délestent avec négligence et indifférence de leurs innombrables déchets, de ce dont ils n'ont plus besoin, en tous lieux.

» J'entends également par ce terme de « saleté » une forme de souillure intérieure, une souillure de l'âme...

– Souillure ?

– Toute relative, je l'espère ! Une impureté qui résiderait dans ce cerveau monstrueux que tu évoques, Prométhée. Une dénaturation, une perversion, une maladie de l'être...

– Je comprends ce que tu veux dire, Aris. Je comprends, répéta Prométhée. N'y a-t-il donc rien de bon dans ce que vous avez vu, mes amis ? Rien ?

– Nous avons observé le pire ! répondit Althée. C'est ce que tu nous as demandé, Prométhée.

– Oui... Et qu'en est-il de la violence que tu as notée, Amalthée ?

– La violence est la conséquence logique de tout le reste, tout en étant aussi la cause première.

– Parle, mon ami !

– La violence régit le mode de relation habituel qu'entretiennent les humains entre eux. Elle revêt des formes diverses, allant d'une agressivité subtile, imperceptible, contenue dans les mots et les regards par exemple, à la férocité la plus implacable.

– Est-elle plus manifeste qu'auparavant, Amalthée ?

– Oui. À mon sens, elle est née de la rivalité dévorante et inextinguible entre les « cerveaux-nains » et les autres humains, et entre les « cerveaux-nains » eux-mêmes. Toute rivalité contient en elle le germe de la violence. Celui qui veut dominer éveille fatalement chez l'autre la violence, même si ce dernier n'en est pas conscient et accepte quelque temps la violence qui lui est faite. Mais il finit toujours par se rebiffer. Alors, il bande son arc et décoche sa flèche à celui qui le domine pour prendre sa place, ou sa vie !

» Pour l'heure, les « cerveaux-nains » parviennent encore à dominer les autres humains en leur faisant croire qu'ils sont utiles pour construire un monde nouveau et meilleur. Certains d'entre eux y adhèrent avec crédulité, mais un grand nombre a décelé l'imposture. Cependant, au lieu de combattre loyalement pour leur vie, le monde et sa régénération, ce qui nécessiterait courage, conscience, discernement, ils se battent pour devenir semblables aux « cerveaux-nains » et leur ravir leur place !

» Cet antagonisme équivoque et pernicieux s'envenime de jour en jour. Et je ne serais pas étonné de voir la violence dominer le monde en tous les domaines, provoquer des combats et des luttes inextricables, impitoyables, insurmontables... Combats pour l'espace, pour les richesses de la terre, pour assouvir le désir de dominer, pour accéder aux privilèges des tout-puissants, ou simplement pour exister... Tous ces combats sont issus de la compétition qui revêt pernicieusement les apparences de la civilisation.

– Et parmi les femmes ? s'enquit Aris.

– Parmi les femmes aussi, le conflit s'exacerbe, car il est alimenté par un sentiment d'injustice, d'iniquité, d'inégalité... L'élixir les a exclues, alors que certaines d'entre elles souhaitaient l'absorber. D'autres se satisfont des « cerveaux-nains » comme compagnons, projetant leurs ambitions sur eux. Seules, quelques-unes, rares, continuent de lutter désespérément pour demeurer féminines et préserver leurs conceptions et valeurs singulières.

» Les relations entre les hommes et les femmes sont de plus en plus pugnaces et belliqueuses. Je crains qu'un jour proche, ne survienne un conflit majeur où tous, hommes et femmes, voudront être des « cerveaux-nains », dans un monde où le cerveau gorgé d'élixir deviendra l'unique objet de désir, voire de culte et d'idolâtrie.

» Alors, l'on se battra impitoyablement pour avoir accès à ton élixir, Prométhée. Car il a amorcé le règne des « cerveaux-nains », dont le grand nombre désire faire partie intégrante. Ce cerveau dominant est devenu la valeur suprême, l'unique source d'abondance et d'un bonheur factice.

» En aucun cas, il ne saurait être la voie vers une humanité guidée par l'esprit, tel que tu l'avais prévu.

– Je le sais ! Je me suis cruellement trompé, et j'ai trompé les humains ! reconnut Prométhée d'une voix sourde.

– Ne bats pas ta coulpe, Prométhée. Il faut accepter cette réalité pour la transformer, même si l'esprit ne l'imprègne plus...

– ... mais agonise...

– ... ou est mort...

– Mes amis, conclut Prométhée avec gravité. Cela est pire que ce que j'avais observé moi-même. Mais cela n'est pas suffisant pour établir une synthèse définitive de la réalité. Le règne des « cerveaux-nains » a sans nul doute eu des effets en d'autres lieux du monde. Voici déjà ce que je déduis de vos réflexions et commentaires.

» La vie créée par les « cerveaux-nains » exige une exploitation abusive : les techniques et les machines elles aussi ont besoin de l'énergie de la terre. C'est ainsi que le monde s'appauvrit et s'étiole de plus en plus, semblable à une bulle dérisoire qui enfle indéfiniment jusqu'à son explosion ultime.

» Pour supporter cela et se rassurer, les humains se serrent dans des espaces restreints, s'agglutinent dans les cités bruyantes, fétides, crasseuses, subissant le vacarme, le tumulte et les malaises de toutes sortes. Tels des troupeaux à l'atavisme puissant, confortés par leur conformisme et leurs similarités. Cela a pour conséquence l'affaiblissement de l'esprit et de l'âme individuels, la servitude à des maîtres et leur pensée unique, la soumission à un mode de vie destructeur.

» Il me semble que le règne des « cerveaux-nains » ait pour origine la peur. Une peur incommensurable qui recèle toutes les peurs : la peur d'être détruit, englouti par le néant, la peur de ne pas exister, la peur de la mort sans éternité, la peur de la solitude de l'individu qui marche sur son chemin, allant courageusement vers lui-même et sa destinée. Cette solitude si bénéfique est devenue insupportable aux humains, de même que le silence, la contemplation, le dialogue intérieur avec eux-mêmes et les dieux.

» Comme ils ont rompu leur lien avec le divin et ses figures, avec la nature et ses éléments, leur âme s'est vidée de toute substance. Un vide qu'ils comblent par des artifices, la technique leur apportant ce surcroît de certitude, d'assurance, et de foi qu'ils ont perdues en se perdant eux-mêmes.

» La violence s'est étendue à tous les domaines et tous les peuples, renaissant constamment, à l'instar de ce monstre immortel aux têtes multiples appelé par les anciens « l'hydre de Lerne ».

» Néanmoins, les humains continuent de croire en une évolution linéaire et avérée de la civilisation. Moi-même, j'y ai cru !

Ils sont convaincus que les civilisations plus anciennes étaient plus primitives, plus archaïques, moins inspirées par l'esprit que la leur. Or, il n'en est rien, ainsi que nous le voyons dans l'émergence de ce monde de « cerveaux-nains ».

» Un monde où ils n'ont plus assez d'espace personnel pour respirer librement, voir clairement la réalité, considérer toute chose avec hauteur et appréhender avec justesse ce qu'il advient, donc trouver le sens de leur vie.

» Mes amis, je pense que, pour un humain, le bien suprême consiste à réaliser sa destinée propre ! fit Prométhée avec une soudaine éloquence.

» Pour cela, il est nécessaire de demeurer toujours au centre de soi, éloigné des extrêmes, libre. De ne pas s'assujettir à une conception générale ou s'inscrire dans un schéma rigide, de n'être ni dominant ni dominé...

– Tout cela est vrai, Prométhée, reconnurent ses amis. Mais, qu'allons-nous faire à présent ?

– Je vous propose d'aller visiter d'autres lieux dans le monde. Chacun de vous se rendra dans un pays différent, sans oublier les campagnes et les espaces naturels. Quant à moi, je vais demeurer ici. À votre retour, nous aviserons.

Chapitre XXV

À NC, Prométhée poursuivit ses recherches, en dépit de ses malaises répétés, sa carence en sommeil, ses rêves troublants qui remettaient en question tout ce qu'il avait été, et attisaient son angoisse mêlée de culpabilité.

Il dépérissait de jour en jour, négligeant son apparence, dissimulant sa chevelure ternie. Son corps était amaigri, son visage blafard, ses yeux cernés. Il mangeait peu, ne digérant plus certaines nourritures, et son foie était si douloureux qu'il avait l'impression qu'un invisible adversaire dévorait son énergie de vie.

Lorsque ses amis revinrent, il les accueillit avec un soulagement profond, comme si, à l'article de la mort, ils eussent été son ultime recours. Dans son extrême isolement, les dieux apitoyés avaient mis sur sa route quatre amis fidèles et intègres.

– Je vous remercie infiniment pour les informations que vous m'avez envoyées, leur dit-il avec chaleur. Je sais que vous avez encore des choses importantes à me communiquer. Amalthée, veux-tu commencer ?

– Pour ma part, j'ai séjourné dans plusieurs cités qui se développent toutes à une vitesse foudroyante. On dirait que les humains se précipitent vers ces villes géantes, espérant y voir se réaliser leurs rêves les plus insensés, voire y trouver leur salut ! Les « cerveaux-nains » les y attirent de mille manières sournoises et perfides. Toutefois, il est devenu de plus en plus risqué et malaisé d'y vivre dans la paix, la violence y régnant en maîtresse impérieuse.

» Dans les villes moins importantes, il n'y a quasiment plus de centre humain et chaleureux où les habitants pourraient se rencontrer et tisser des liens. De gigantesques périphéries les encerclent. Imaginez d'énormes agglomérats de pierre grise où l'on ne fait que commercer diligemment, où l'on vend et achète tout et rien, un fatras d'inutilités qui ne comblent nullement les vrais besoins des humains. Les « cerveaux-nains » sont à la tête de ces pieuvres qui étendent indéfiniment leurs tentacules, contraignant les humains à s'approprier mille choses futiles et artificielles.

» Hors des villes, poursuivit Amalthée d'un ton volontairement neutre, les campagnes, la nature, la terre, les eaux... Il y reste des humains, mais pauvres et déshérités, car la nature détériorée par les « cerveaux-nains » a perdu ses possibilités de ressourcement et de régénération. En outre, les villes gagnent du terrain et transposent leurs maux dans les campagnes, les implantent dans les espaces naturels.

» Les travailleurs de la terre et de l'eau sont assujettis aux pieuvres géantes qui s'approprient leurs produits. Tout se vend et s'achète, tout se monnaie, tout est objet de profit, de convoitise et de négligence. Peu à peu, la nature se dégrade, son équilibre se rompt. Déjà, l'on parle de troubles de la nature... Maladies, germes mortels de toutes sortes frappent les espèces animales et végétales. Le plus grave est que de nombreuses d'entre elles tendent à disparaître, ont déjà disparu, brisant cet équilibre naturel si ténu, mais si harmonieusement conçu, qui préserve la vie depuis toujours.

» Les humains n'en continuent pas moins d'écouter avec complaisance les « cerveaux-nains », qui attisent et encouragent toutes les cupidités.

» Ces derniers sont devenus de puissants illusionnistes, manipulant les humains de main de maître. Ils parviennent même à les convaincre que cette évolution est inéluctable et qu'il n'y a pas d'autre choix possible. Ils leur font miroiter des fins glorieuses et l'abondance de l'humanité. Et tous de se précipiter vers leur perte, la faillite de leur être, la mort.

» J'en suis franchement effaré ! acheva Amalthée.

– Moi aussi, mon ami ! renchérit Prométhée.

» Et toi, Althée, qu'as-tu à nous dire ? demanda-t-il en se tournant vers ce dernier.

– La technique a également gagné les campagnes. La terre la subit de plein fouet et ingurgite les produits et substances nuisibles vendus par les pieuvres monstrueuses qui ne pensent qu'à s'étendre, pour satisfaire leur désir de puissance. J'ai vu partout la nature souffrir mille exactions, souillée, pillée, dévastée, violée... Les « cerveaux-nains » dirigent magistralement cette destruction, avides de tout conquérir. Ainsi que l'a déclaré Amalthée, les espèces végétales et animales en sont toutes affectées, malades, à l'agonie...

– Oui, l'interrompit Aris. Ce qui engendrait la joie, la sécurité, la créativité des humains a disparu ou s'est transformé en objet de convoitise susceptible d'être exploité, à tout prix !

– À tout prix ! réitéra Cypras. À tout prix ! C'est le mot ! Toute chose, toute espèce vivante, voire tout humain a un prix défini, fluctuant au gré des divagations et des dérèglements des « cerveaux-nains » et des humains aveuglés qui les suivent sur cette voie. La vie est pervertie par le prix de toute chose !

» Je pense à ces espaces infinis que l'on aimait autrefois, qui témoignaient de la présence des dieux dans le monde. Au temps qui se suspendait lorsque la joie et l'unité imprégnaient l'humain et en faisaient un sujet souverain. À l'éternité presque tangible... À présent, l'espace et le temps eux-mêmes sont atteints de cette maladie qui affecte les « cerveaux-nains », la maladie du cerveau qui a brisé son lien de prédilection avec l'esprit créateur...

– Le logos... murmura Prométhée... n'est plus. L'esprit n'est plus. Et c'est moi, déclara-t-il plus haut, qui suis l'instigateur de cette course effrénée de l'humanité vers sa mort. Je suis le plus monstrueux des « cerveaux-nains » !

– Que dis-tu ? sursauta Amalthée, se levant et secouant vigoureusement Prométhée par les épaules, comme pour le réveiller d'un mauvais songe. Sait-on seulement ce qui s'est passé lors de la seconde absorption de l'élixir ? Tu n'étais pas partout, tu ne pouvais pas tout contrôler et vérifier.

– J'aurais dû tout prévoir ! s'obstina Prométhée. Quelque chose m'a échappé. Je ne sais quoi. J'ai vérifié la composition de l'élixir une ultime fois avant de le faire boire à Épiméthée, puis de l'envoyer aux centres de distribution. Je me rappelle m'être absenté une heure la veille. Une seule heure...

– Te reste-t-il de cet élixir ? demanda Amalthée.

– Une fiole seulement. Je peux bien sûr en fabriquer, mais à quoi bon ?

– Il se peut que tu y sois contraint.

– Que veux-tu dire, Amalthée ? demanda Prométhée avec agitation.

– Calme-toi, lui recommanda Amalthée. En effet, j'ai vu des hommes et des femmes avides, qui parlaient de ton élixir avec convoitise, sans discernement, sans capacité de jugement. Je crois que leur avidité est renforcée par les « cerveaux-nains » dont les conceptions se généralisent rapidement.

» Ils imposent une précipitation et une agitation de plus en plus tyranniques, contre lesquelles les humains ne peuvent rien. Tels des chevaux emballés qui galopent au bord d'un gouffre sans fond.

» Rares sont ceux qui ont la force, la connaissance, la sagesse nécessaires pour résister à la violence de cet emportement. Cela exigerait une conscience supérieure, une fermeté sans faille, une clairvoyance à toute épreuve... Mais celles-ci sont muselées par la puissance de ce mouvement collectif.

» Aussi suivent-ils tous la même trajectoire, soit qu'ils s'en réjouissent et en tirent un profit, même illusoire, soit qu'ils n'aient pas d'autre choix, engagés malgré eux dans un chemin tout tracé, écoutant le chant des sirènes susurrer à leurs oreilles qu'il n'existe pas d'alternative.

Prométhée écoutait Amalthée avec une tension qui l'épuisait, tarissait l'énergie qui lui restait, au bord de l'effondrement.

– Ils acceptent ce subterfuge, ce semblant de vérité, renchérit Althée. Même lorsqu'ils doutent, ils n'en continuent pas moins de se soumettre à la prépondérance des « cerveaux-nains », espérant aveuglément qu'il leur suffit de les imiter, d'agir comme eux, pour gagner leur droit à exister dans ce monde.

– Voilà où je voulais en venir ! repartit Amalthée. Même si tu t'y opposes catégoriquement, Prométhée, nombreux sont les hommes et les femmes qui désirent, eux aussi, bénéficier des effets de l'élixir. Souviens-toi que tu en as confié la formule à Épiméthée, en lui arrachant la promesse de ne pas s'en servir. Mais tel qu'il est devenu, il a pu facilement se laisser circonvenir.

– Comment ! s'écria Prométhée, hors de lui.

– Hélas, intervint Aris, les « cerveaux-nains » sont parvenus à imposer, non seulement leur fausse suprématie, mais leur pouvoir d'attraction irrésistible. Aussi insensé que cela nous paraisse, aux yeux des humains, les « cerveaux-nains » sont beaux, séduisants, enviables, désirables, tels des étoiles brillant de mille feux dans le ciel obscur.

– Il existe même dans certains pays des groupes qui fomentent des troubles et des mouvements de rébellion, dans le but d'obtenir l'élixir en toute légalité. Les femmes particulièrement s'élèvent contre l'injustice dont tu as fait preuve à leur égard.

– J'y ai longuement pensé, fit Prométhée d'une voix brisée, à ces femmes que j'ai exclues de ce processus d'évolution de l'humanité... Peut-être ai-je agi inconsidérément, mû par une partialité abusive.

» Non, ne me disculpez pas ! persista-il, après que les voix de ses amis se furent élevées pour le défendre de l'anathème qu'il lançait contre lui-même.

» Si j'ai fait preuve d'une injustice arbitraire, c'est parce que les femmes n'ont jamais eu de place dans ma vie, n'ont jamais existé pour moi. La compagne de mon frère elle-même, Pandore, je l'ai rejetée dès son arrivée. Je la considérais comme l'une de ces créatures ennemies de la civilisation, de l'esprit, de l'homme, qui possèdent ce dernier, le trompent, le dominent de leurs charmes, annihilant en lui tout feu créateur.

– L'élixir de feu... souffla Cypras.

– Oui Cypras, ce que j'ai appelé avec arrogance « l'élixir de feu » ! Je comprends à présent les voix des femmes qui s'élèvent contre moi.

– Cette femme, Pandore, dont tu parles, dit Cypras songeur, nous l'avons croisée chez Épiméthée. Elle était non seulement belle, mais elle avait un charme surprenant, touchant, pour moi un charme poétique...

– Poétique ? fit Prométhée en tressaillant.

– Oui, poétique, répéta Cypras. Poétique comme l'est la nature, avec ses montagnes grandioses, ses futaies empreintes de mystères, ses prés et champs fertiles, ses eaux paisibles ou impétueuses ondoyant à travers la terre, des ruisseaux aux océans. Ses végétaux à la prodigieuse variété, ses animaux à la grâce spontanée, sauvage, indomptable.

» La nature et ses infinies splendeurs, couleurs, figures, formes... sources de vie et d'enchantement. Ses manifestations inattendues, irrationnelles, saisissantes, fascinantes...

» Chaque fois que je l'ai vue, Pandore a évoqué tout cela pour moi. Et chaque fois, j'en ai été frappé. Mais chaque fois, j'ai fini par oublier, comme tout homme !

– Je ne te savais pas poète... fit Prométhée, souriant pour la première fois. Je ne te savais pas poète, toi, musicien...

– La musique aussi est poésie. Elle utilise pour s'exprimer des sons, harmonies, tonalités variés. Comme la poésie, elle parle un langage singulier à ceux qui savent l'entendre, un langage énigmatique, intangible, subtil, divin...

— Le langage de l'esprit ! déclara Prométhée avec ardeur. L'esprit que je voulais répandre dans le monde, pour qu'il en extirpe la vacuité, la vanité, la stérilité.

» Mais, reste-t-il un seul homme qui ne veuille devenir un « cerveau-nain » ? Qui ne veuille goûter à mon élixir ? Qui ne veuille ressembler à un vulgaire caillou, nu, sans éclat, pétrifié ? Un seul homme ?

— Non seulement, il en existe un, répliqua Amalthée avec fougue, mais de nombreux !

— Que dis-tu ? s'écria Prométhée en se levant et se dirigeant vers Amalthée. Que dis-tu ? Qui, où, comment ?

— Je ne voulais t'en parler qu'en dernière extrémité, Prométhée.

» Il y a des humains qui vivent dans notre pays. D'autres sont allés les rejoindre. Certains séjournent dans les montagnes, aux alentours d'un lieu antique que tu connais. Celui où se trouve l'un des derniers temples dédiés à un dieu ancien. Il y reste de nombreux petits monastères, la plupart désertés, où ces humains se sont installés.

— Sont-ils des moines ? s'enquit Prométhée.

— Non, bien qu'il en reste quelques-uns. Ils vivent simplement, trop conscients pour se laisser aveugler et asservir. Ils ne désirent pas ressembler aux « cerveaux-nains ». Ils sont si discrets qu'on les ignore. On les prend pour d'inoffensifs rêveurs.

» Je l'ai appris par l'un d'eux, de passage dans une ville où je séjournais. Comme j'ai eu instantanément confiance en lui, je lui ai révélé ce que je faisais, ce que je cherchais. Alors il m'a parlé de ses amis et il m'a invité à leur rendre visite.

— Qui sont-ils vraiment ? Qu'espèrent-ils ? interrogea Prométhée fébrilement.

— Ce sont des humains qui ne veulent pas vivre comme les autres, te dis-je ! Cet homme m'a parlé avec chaleur d'un couple sans âge, que d'ailleurs nous connaissons, mes frères et moi.

» Ce couple vit dans un petit monastère, y accueille ceux qui cherchent la solitude au sein de la nature, pour retrouver leurs forces perdues.

» Nous aimerions retourner dans notre pays, tous les quatre, et leur rendre visite.

– C'est peut-être une voie ! s'exclama Prométhée avec fièvre. Mes amis, je vous en prie, rendez-vous dans ce monastère. Parlez-leur de moi, dites-leur qui je suis, ce que j'ai fait, s'ils ne le savent déjà. Préparez mon arrivée. Le ferez-vous ?

– Tu connais la réponse, Prométhée, répondirent les quatre frères. C'est notre pays, nous y serions retournés un jour ou l'autre, nous y avons laissé des activités inachevées, et aimerions les poursuivre.

– Mais toi, demanda Amalthée, que vas-tu faire en attendant ? Pourquoi ne pas nous accompagner immédiatement ?

– J'ai une chose encore à faire ici... répondit Prométhée, soucieux. Une chose qui va peut-être m'éclairer sur les effets de l'élixir. Épiméthée vient de m'envoyer un message. Il est souffrant et m'appelle à son chevet. Les médecins ignorent l'origine de sa maladie. Je dois le voir avant de vous rejoindre.

– Soit, déclara Amalthée, nous t'y attendrons.

QUATRIÈME PARTIE

LE VOYAGE DE PROMÉTHÉE

Chapitre XXVI

Épiméthée était atteint d'une affection étrange que les médecins n'avaient pas pu soigner ni guérir. Menu et décharné, le visage creusé de rides profondes, le teint altéré, toute vitalité l'avait déserté.

Lui, si vigoureux, si énergique, si allègre, était devenu cette malheureuse créature remuant à peine.

Debout à son chevet, Prométhée avait le cœur serré. Bien qu'il n'eût guère l'habitude de s'apitoyer sur les autres, il éprouvait le désir de saisir la main flétrie qui reposait sur la couverture.

Mais il n'osait pas. Il n'avait jamais été proche de son frère.

En vérité, il ignorait tout de lui. Il s'était servi de lui pour parvenir à ses fins.

Et Épiméthée s'était lancé sans réfléchir dans l'aventure, avec son dévouement et sa générosité courants.

« Il est vraiment généreux, se disait Prométhée en le dévisageant. Toujours disposé à s'engager, à donner, à recevoir de la vie ce qu'elle lui destine. Il est bien plus humain que moi, avec sa prodigieuse énergie, son entrain à toute épreuve, sa gaieté folle, ses facéties sottes mais drôles, ses goûts sans raffinement, mais qui suffisaient à le combler en lui assurant un confort intérieur qu'en réalité, je lui enviais... De même que j'enviais l'absence de doute en lui, de déchirement, d'aspiration élevée, de quête du pouvoir. Au fond, je l'ai toujours envié. Et lui m'a toujours aimé et admiré... ».

La générosité et la simplicité d'Épiméthée lui faisaient aimer la vie dans tous ses aspects et lui attiraient la sympathie de tous. Ce que Prométhée avait toujours considéré comme insignifiant et dérisoire. Cependant, n'était-ce pas ce qui faisait l'agrément et le charme de la vie ? Ce qui la rendait supportable ?

Une vie dont Épiméthée avait été dépossédé, entraîné malgré lui dans une péripétie absurde, une voie qui n'était pas la sienne.

S'il s'était trompé de route, Prométhée n'en était-il pas le premier responsable ?

Soudain, il l'entendit murmurer.

– Prométhée, c'est toi ?

– Oui, c'est moi. M'entends-tu, Épiméthée ? Je te soignerai, je te guérirai. Je suis aussi thérapeute, tu le sais.

– Je le sais, mon frère.

– Où souffres-tu ? l'interrogea Prométhée avidement.

– J'ai de terribles douleurs à la tête, au front, aux tempes, dans la nuque, souffla Épiméthée d'une voix faible. Elles ont commencé après que j'ai bu ton élixir, tu te rappelles ?

– Je m'en souviens, mais ce n'était pas alarmant alors.

– Non. Mais les douleurs sont devenues plus fréquentes et intenses. Puis permanentes, insupportables, résistant aux cachets, aux médecines, aux thérapies diverses.

– Pourquoi ne m'en as-tu pas parlé ? demanda Prométhée avec mauvaise conscience.

Il avait noté la transformation progressive d'Épiméthée et des « cerveaux-nains ». Il en avait cherché les raisons dans le monde entier, négligeant son frère, ne se souciant pas de lui.

– Tu étais si occupé et absent. J'ai pensé que ce n'était pas cher payer le prix de mon éveil, et celui de la création de l'Ordre. Par malheur, en même temps que les douleurs se sont attisées, ma tête a enflé, mes sens se sont atrophiés, j'ai commencé à maigrir et me suis de plus en plus tassé. Je ressemble maintenant à un gnome ! fit Épiméthée avec un petit rire acerbe.

» Tu vois, mon frère de génie, j'aurai été le premier homme à boire ton élixir. Cela a fait de moi un géant. J'ai créé l'Ordre de l'esprit et j'ai rayonné quelques brèves années parmi les grands de ce monde. Et me voilà devenu un nain ! Bientôt, surviendra ma dernière heure...

– Tais-toi ! cria Prométhée, la tête entre les mains. J'ai vu tant de choses terribles, horribles, inhumaines. Et à présent, toi, mon propre frère... Mais tu vas guérir !

– Peut-être, avec ton aide... chuchota Épiméthée.

– Je trouverai un breuvage qui te guérira ! Je te le promets !

– Comme j'aimerais redevenir celui que j'étais avant de boire ton élixir... soupira Épiméthée tristement. Simplement vivre et aimer. Aimer Pandore... Dire que je l'ai laissée partir avec indifférence, gonflé de mon importance ! Je donnerais ma vie pour un sourire de Pandore !

– Je te guérirai, le rassura Prométhée, les poings serrés, se mordillant les lèvres. Je trouverai un moyen !

Prométhée travailla sans relâche dans le laboratoire du cube. Comme il ne lui restait qu'une fiole d'élixir de seconde absorption, il ne pouvait s'en servir, la réservant à des analyses ultérieures.

Aussi, utilisa-t-il l'élixir initial, y mêlant diverses substances, cherchant à en atténuer les effets tout en en préservant l'essence. Il travaillait jour et nuit avec acharnement, ne dormant plus, se nourrissant à peine. La mine déplorable, son élégance légendaire n'était que souvenir. Vêtu à la diable, les cheveux enfouis sous un vieux couvre-chef, il s'épuisait, mais ne s'avouait pas vaincu.

Pendant ce temps, Épiméthée gémissait de douleur. Des images effrayantes traversaient son esprit. Il voyait sa tête monstrueuse, dans laquelle gisait un cerveau mou, se cogner contre les murs de sa chambre. Puis il se voyait ramper, minuscule comme un ver de terre, les membres si courts qu'il pouvait à peine se mouvoir. Seuls, ses pieds avaient conservé leur taille initiale. Gigantesques, ils lui paraissaient séparés de son corps, clopinant sur le sol et traînant à leur suite sa tête dilatée, empourprée, blessée.

Cette vision terrifiante lui arracha un cri perçant qui traversa les cloisons, les murs, la rue, le lac, et atteignit Prométhée dans son cube.

L'entendant, Prométhée trembla d'effroi. Il lui fallait agir vite. Il se saisit du flacon contenant le breuvage qu'il venait d'achever, se précipita hors du cube, plongea dans l'eau, nagea et s'abattit sur la berge à bout de souffle. Puis il courut à en perdre haleine jusqu'à la maison d'Épiméthée et fit irruption dans sa chambre.

– Tiens bon ! cria-t-il. J'ai trouvé de quoi te guérir. Bois cela, quelques gorgées ! Vite !

Épiméthée obéit sans hâte. Pour la première fois de sa vie, il savait ce qui allait se produire. Il était trop tard.

À peine eut-il achevé de boire qu'il délaissa le flacon vide et tendit la main à Prométhée.

– Approche, le pria-t-il, blafard, prends ma main.

– Tu iras mieux dans un instant, le réconforta Prométhée, serrant sa main tremblante dans les siennes.

– C'est inutile, déclara Épiméthée d'une voix raffermie. Tu as toujours tout su, tout prévu. Donc, tu sais que je vais mourir...

– Non ! hurla Prométhée. Tu es le premier homme...

– ... le premier à vouloir être plus fort, plus brillant, plus spirituel qu'il ne l'est ! C'est cela qui t'accable ! La vérité est que ton « élixir de feu » ne vient pas du feu de l'esprit, du feu du ciel... Il vient du feu des ténèbres, du feu de la mort...

» Ce n'est pas un feu qui réchauffe, anime, insuffle la vie, mais un feu qui ravage, entraîne l'homme au-delà de ses possibilités humaines, des limites de son être. Un feu qui détruit l'âme en faisant du cerveau son maître tout-puissant et implacable. Tu ne l'avais pas prévu, cela, n'est-ce pas Prométhée, toi si prévoyant ?

– Non, avoua Prométhée, désespéré. Je ne l'avais même pas envisagé.

– Dans ce cas, mon frère, il te faut lutter contre cette démesure et cette folie. De nombreux humains mourront ou seront détruits. Mais si tu trouves le remède, certains pourront être sauvés.

– Soit, mais je te sauverai, toi d'abord ! s'écria Prométhée, assis près d'Épiméthée, lui broyant la main.

– Non, tu ne me sauveras pas et tu le sais ! Je n'ai pas peur de la mort comme toi, mon frère. Je sais que la fin est venue pour moi. Mais, avant de m'en aller, j'ai encore quelque chose à te dire. Écoute-moi...

» L'énergie n'est bonne, bienfaisante, bénéfique que lorsqu'elle est créatrice, en faveur de l'humanité. Cette énergie créatrice émane de la flamme divine qui a créé le monde et la vie.

» À l'opposé, l'énergie vouée à l'exploration outrancière des mystères du monde et de la vie pour se les approprier, est néfaste, maléfique et destructrice. Elle est mue par l'ambition, la cupidité, l'avidité. Elle légitime le pouvoir, la domination, la toute-puissance, érigées sur des trônes de sable.

» Elle asservit les humains, qu'elle foule aux pieds avec indifférence comme des brins d'herbe. Elle pervertit leur âme personnelle, elle les contraint à renoncer à elle, en se comparant, se mesurant, se confrontant aux autres, en lui faisant violence jusqu'à sa totale reddition.

» Vouloir être le premier, le plus fort et le plus puissant équivaut à cesser d'être un humain parmi les autres.

» C'est ce que j'ai compris après avoir été transformé par ton élixir, Prométhée, et que je te livre au moment ultime de ma vie.

Alors, Épiméthée eut un geste inattendu. Se soulevant péniblement, il serra Prométhée dans ses bras malingres, murmurant à son oreille : « Sauve-les, mon frère, toi seul le peux... ».

Puis il retomba en arrière. Des frissons parcoururent son corps décharné, son teint devint livide, et il rendit son âme.

Prométhée resta prostré un long moment, tenant la main inerte d'Épiméthée. Enfin, il se releva lentement et appela pour que l'on s'occupât de son frère. Il quitta sa chambre en titubant, la tête basse.

Épiméthée n'était plus. Son frère jumeau n'était plus.

Il se sentait coupable, à en mourir...

Il demeura cloîtré des jours, des semaines, des mois dans son cube, refusant de voir quiconque, méditant les dernières paroles d'Épiméthée : « Sauve-les, mon frère, toi seul le peux... ».

Il était impuissant. Si seulement il savait dans quelle direction se tourner, comment extirper des hommes le mal que sa découverte leur avait insufflé.

Un jour, il se souvint des quatre frères, ses amis qui avaient refusé avec discernement d'absorber l'élixir une seconde fois, et avaient parcouru le monde avec lui.

Ils l'attendaient dans leur pays. Il devait les rejoindre.

N'emportant que le nécessaire, dont la fiole de l'élixir maudit qui lui restait, il n'informa personne de son départ. Que lui importaient les « cerveaux-nains » à présent ? Il ne pourrait pas les sauver avant d'avoir retrouvé son propre chemin.

Chapitre XXVII

Prométhée laissait vagabonder son regard. Devant lui, le temple antique de pierre blanche, aux colonnes magistrales. À sa gauche, un cirque à gradins irréguliers où se jouaient encore des drames d'une époque révolue. De multiples rocs, débris et vestiges jonchaient le sol, formant des amas insolites entre les vieux arbres.

Son regard se fixa sur un rocher de forme triangulaire. Des millénaires auparavant, une femme, assise à l'avant, prophétisait, questionnée et écoutée par les souverains et les foules qui venaient de toutes parts entendre le secret de leur destinée.

Dans tous les temples alors, c'étaient les femmes qui parlaient, annonçaient, avisaient les hommes de l'attitude juste à avoir pour que les épreuves ne les atteignissent pas. Qu'étaient-elles devenues, ces femmes ? Avaient-elles disparu à jamais ? Leur intuition, leur prescience, leur perception de l'âme et de la destinée humaine s'étaient-elles perdues au fil des siècles, anéanties par les hommes et leur cerveau cynique ?

« Toi aussi, tu t'es débarrassé des femmes dans ta vie ! résonna une voix en lui. Mais certaines sont vivantes, leur âme est intacte... ».

Il allait chasser la pensée importune d'un mouvement de la tête, lorsqu'il aperçut ses amis. Amalthée, Althée, Aris et Cypras. Ils longeaient les hautes colonnes du temple, vêtus de tenues claires qui n'étaient pas sans évoquer les sages des temps anciens.

Prométhée leur fit signe. Ils l'accueillirent avec chaleur, soulevant ses bagages, le prenant amicalement par le bras, lui indiquant la direction à prendre.

L'entraînant vers la sortie, ils s'engagèrent dans une rue qui traversait la ville. À la périphérie, elle rejoignait la nature, sillonnant à travers la montagne vers un village en contrebas. Ils le contournèrent et poursuivirent leur route par un sentier de terre en devisant gaiement.

– Il y a un laboratoire en ville, Prométhée, l'informa Amalthée. J'y ai retrouvé un vieil ami et j'y travaille avec lui. Le jour où tu en auras besoin, il sera à ta disposition.

– Ce jour n'est pas arrivé ! répondit Prométhée, sombre.

– Sait-on jamais ! lança Amalthée.

– Et toi, Althée, que fais-tu ? demanda Prométhée.

– J'assiste un groupe d'hommes qui fabriquent du fromage de brebis. Ils ont besoin d'un technicien. Mais ce sont les bergers surtout qui m'intéressent, leur manière de vivre dans le plus grand des isolements sans jamais se sentir seuls. Cypras nous tient compagnie parfois. Il joue de la flûte et compose de la musique.

– Mon inspiration renaît ici, reconnut Cypras avec enthousiasme. Dans les villes où nous avons vécu et que nous avons visitées, elle s'était tarie. Je n'y ai pas composé un seul air. Ici, j'improvise sans cesse !

– Je viendrai t'écouter, mon ami, fit Prométhée avec un soupir. Moi aussi, j'ai besoin de musique.

– À la bonne heure ! s'écria Aris en souriant.

– Et toi, Aris, à quoi t'occupes-tu ?

– Je restaure les fresques des monastères. Il y a partout des fresques anciennes magnifiques qui sont en train de s'effriter et de disparaître. D'ailleurs, c'est dans le monastère où je travaille en ce moment que nous t'emmenons, Prométhée. Un vieux couple y réside. Ils sont enchantés de te donner l'hospitalité. Nous t'en avions parlé. Ils ont vécu toute leur vie dans le village que nous avons dépassé. Puis, ils se sont installés dans ce vieux monastère qu'on leur a volontiers alloué. Ils y accueillent des hommes désireux de vivre quelque temps dans la solitude et la nature.

– Oui, je m'en souviens. Comment s'appellent-ils ?

– Philémon et Baucis, répondit Aris. Quoique âgés, ils sont alertes, énergiques et en bonne santé ! Ils ont atteint un état de plénitude rare chez les êtres humains.

– Je serai heureux de les connaître, fit Prométhée. Et le monastère, comment est-il ?

– Petit, mais très agréable. Pittoresque, désuet. Il y a un cloître sur lequel donnent les chambres des hôtes, une chapelle aux murs recouverts de fresques, un immense jardin extérieur qui se perd dans la montagne. Tu y seras libre d'aller et venir à ta guise. Il ne fait jamais très froid ici. Philémon et Baucis te tiendront compagnie quand tu le souhaiteras. Tu pourras également nous voir au village ou au monastère.

– Merci, mes amis. Pour l'heure, le monastère dans la montagne est le lieu auquel j'aspire. J'ai besoin de mener une vie simple et dépouillée. Chercher mon chemin jusqu'à ce qu'il me mène quelque part. Et ce chemin, peut-être le retrouverai-je ici...

– Tout est donc pour le mieux ! s'exclama Aris joyeusement. Pressons-nous, on nous attend !

Le sentier serpentait à travers la forêt, les sous-bois et les prés. Des ruisseaux bruissaient le long des pentes douces, les chants stridents des cigales s'intensifiaient au crépuscule.

Ils parvinrent en vue d'une vieille bâtisse rectangulaire, construite en solides pierres bleutées, et surmontée d'un petit beffroi où se balançait une cloche. Sur la façade avant, au-dessus d'une porte basse, était suspendu un cordon de fer. Amalthée fit retentir la sonnerie, grinçante. On perçut à l'intérieur des rumeurs et des voix indistinctes.

Soudain, la porte s'ouvrit et deux personnes apparurent sur le seuil. Un homme et une femme. Ils étaient d'un âge indéfinissable. À la fois âgés par leur aspect physique et jeunes par la vigueur et la vitalité qui se dégageaient d'eux. De grande taille, robustes, d'abondants cheveux blancs entouraient leurs visages ouverts et accueillants. Ils étaient vêtus avec simplicité. Nulle rigidité et dureté en eux, si caractéristiques de la vieillesse, mais une courtoisie, une bonté, une joie qui en effaçaient les signes et les rendaient intemporels.

À leur vue, Prométhée fut vivement touché. Jamais, il n'avait ressenti un tel attrait spontané pour des inconnus, de surcroît d'un âge avancé.

Les deux vieillards le considéraient paisiblement. Leurs visages aux traits épanouis, sillonnés de ridules, révélaient une existence riche et profonde. Bien qu'une part d'eux parût détachée du monde, résidant dans l'éternité, ils étaient radieux et pétillants de vie.

Avec leur expression affable, ils évoquaient ces anges protecteurs dont les statues emplissent les lieux spirituels.

– Prométhée, déclara Cypras, je te présente tes hôtes, Philémon et Baucis.

Prométhée fut incapable d'articuler un mot face à cet homme et cette femme empreints de noblesse.

Ils lui souriaient, debout côte à côte, leurs épaules se frôlant, semblables à deux arbres d'espèces différentes, mais aux ramures enlacées.

Ému par cette image, Prométhée les remercia de leur accueil.

– Demeurez ici tant qu'il vous plaira, lui dit Philémon avec aménité. Nul ne vous dérangera, vous perturbera, vous embarrassera, si ce n'est vous-même ! acheva-t-il avec un regard perspicace. Jamais un regard n'avait percé Prométhée avec autant de pénétration, sans pour autant le juger, mais en lui concédant toute liberté d'être lui-même.

Sa chambre donnait à la fois sur le cloître et le jardin extérieur, par une porte arrière qui lui permettait de sortir directement du monastère. Quoique petite et modeste, elle était paisible et claire.

Chapitre XXVIII

Les temps qui suivirent furent pour Prométhée parmi les plus remarquables de sa vie. Il ne s'était jamais senti aussi libre, détaché de toutes contingences, serein. Philémon et Baucis contribuaient, par leur présence discrète, à ce bien-être. Pour la première fois, il n'avait rien à élaborer, à chercher, à démontrer.

Au début, cet état totalement inédit lui parut incongru. Lui qui avait passé sa vie à réfléchir, concevoir, inventer, voilà qu'il n'avait rien à faire !

– Il n'y a rien à faire ici ! lui lança un jour Baucis qu'il croisait dans le jardin, comme si elle eût deviné la pensée qui le tracassait.

– Je vous prie ? fit Prométhée, étonné.

– Il n'y a rien à faire ici ! répéta Baucis avec un sourire indéchiffrable. « Un sourire de sphinx, énigmatique mais éclatant », se dit Prométhée en la regardant.

– Vous avez deviné mes pensées ? s'avisa-t-il.

– Pas vraiment ! Mais je vous ai aperçu marchant la tête basse, concentré sur vous-même, ne regardant rien autour de vous, n'inspirant pas les effluves et les parfums des plantes et fleurs qui vous entourent, n'entendant rien des sons de la nature...

– Vous avez tort ! répliqua Prométhée. J'ai entendu votre voix, Baucis. Je l'ai même entendue très nettement. Comme en écho à ma voix intérieure qui me soufflait « que faire ? ».

– Mais je vous crois, Prométhée ! répondit Baucis avec une désinvolture inimitable, comme si rien n'était grave, comme si Prométhée n'était pas cet éminent scientifique dont la découverte était universellement connue. Comme s'il n'était encore qu'un enfant qui avait gâté un jouet prestigieux ou un don inestimable, sans avoir eu la patience d'attendre de mûrir pour s'en servir avec sagesse.

Elle continuait de le considérer avec compréhension, souriant, une lueur de bonté au fond des yeux.

Subitement, Prométhée lui rendit son sourire.

– Vous avez raison de me regarder ainsi, Baucis, lui dit-il avec simplicité. Vous m'avez démasqué ! En effet, je ne suis qu'un enfant vaniteux qui a abusé de ce qu'il avait de plus précieux, qui l'a gâché, abîmé, qui a joué et perdu. Tout perdu !

– Tout ? fit Baucis avec une moue dubitative.

– Peut-être pas tout... hésita Prométhée, déconcerté.

– Et si nous nous asseyions sur ce banc ? lui proposa Baucis en le prenant cordialement par le bras. Nous y serions mieux pour poursuivre notre conversation, non ?

– Mais bien sûr, je vous en prie, balbutia Prométhée. Pardonnez-moi, je n'y avais pas pensé.

– Voilà qui est mieux, déclara Baucis en s'installant. Je me sentais un peu fatiguée de rester debout, à faire le pied de grue ! acheva-t-elle dans un franc éclat de rire qui lui donna l'air d'une jeune fille espiègle. Alors, où en étions-nous ? reprit-elle lorsque son rire s'apaisa.

– Je disais que tout n'était peut-être pas perdu... chuchota Prométhée, décontenancé par l'attitude spontanée et familière de Baucis.

– Pourquoi chuchotez-vous, Prométhée ? le taquina la vieille dame. Personne ne peut vous entendre ici. Si ce n'est moi ! Et tout cela, précisa-t-elle avec un geste de la main qui esquissa un cercle, désignant le jardin, les arbres, les montagnes alentour.

– Que voulez-vous dire, Baucis ? demanda Prométhée, interrogateur. Je ne comprends pas.

– Non ? Cela ne m'étonne pas ! s'écria la vieille dame noble et digne, pourtant pleine d'allant, dont le visage couronné de cheveux blancs traduisait une jeunesse immuable.

» Vous ne comprenez pas, reprit-elle, car vous vous êtes toujours pris très au sérieux, n'est-ce pas ?

» En vous observant, on a l'impression que vous vacillez sous le poids insoutenable de devoirs et de responsabilités, d'ambitions et de rêves, de la nécessité d'accomplir une chose fondamentale pour l'humanité. Cela vous torture, vous occupe entièrement, exclusivement, depuis que vous êtes en âge de penser, dirais-je ! Cela pèse sur vous comme si vous portiez sur votre dos le monde entier. Et cela entrave vos mouvements. Le mouvement de la vie en vous, le mouvement de la croissance, le mouvement du vrai changement, qui n'est pas extérieur mais intérieur.

» Aucune destinée humaine, Prométhée, si primordiale soit-elle, ne peut endosser seule le fardeau de l'humanité et du monde.

– Et pourtant, protesta Prométhée, il fallait bien que j'agisse ! C'était la mission qui m'avait été dévolue ! Je ne pouvais rester sans rien faire !

– Avez-vous jamais réfléchi à l'origine de cette mission ? s'enquit avec finesse la vieille dame. D'où vous est venue cette idée de mission à remplir pour le bien de l'humanité ? Venait-elle des dieux, du divin, ou au contraire de vous, de l'idée que vous vous faisiez de la grandeur de votre destinée ?

– Je ne sais pas... soupira Prométhée, une rougeur montant à ses joues pâles. Je ne sais pas, Baucis. Comment le savoir ?

– Peut-être tout simplement en observant les effets ! Bons et bénéfiques, ils indiquent la justesse et l'inspiration divine. Mauvais et néfastes, la fausseté et l'inspiration infernale.

» Mais cessons là, pour l'instant, cette conversation ! suggéra-t-elle avec entrain. Nous allons beaucoup trop loin et trop vite !

» J'ai un petit service à vous demander. J'ai besoin d'un peu d'aide. Pourriez-vous m'assister dans mon jardin de temps en temps ? Je vous montrerai ce que j'y fais. La nature elle aussi est importante. Elle est une messagère entre les dieux et nous. Pour cela, nous lui devons soin et considération. Voulez-vous m'accompagner, je vous prie ?

Prométhée se leva et la suivit en silence. Il n'avait jamais eu de telle conversation, surtout avec une femme, et il en était confus. Tout ce qu'elle avait insinué et laissé en suspens avec légèreté, le perturbait, aiguisant sa douleur. Cependant, en la voyant si alerte, pleine de vie, en harmonie avec toute chose, il se laissait irrésistiblement entraîner par la vitalité qui émanait d'elle.

– Voyez ! s'exclama-t-elle lorsqu'ils arrivèrent de l'autre côté du jardin, comme si elle avait totalement oublié la gravité des mots échangés entre eux.

» Regardez ces plantes ! Et ces fleurs ! Leurs couleurs vives ! Et ce figuier qui donne tant de fruits, même s'ils ne sont pas encore tout à fait mûrs ... Voyez, Prométhée, comme il ploie sous ses fruits, n'est-ce pas merveilleux ? Nous aurons des figues en abondance cette année. Vous verrez tout ce que l'on peut faire avec des figues, c'est surprenant ! Je m'en réjouis d'avance.

» Sentez cette plante... Son arôme n'est-il pas extraordinaire ? Je l'utilise pour relever le goût des figues dans les marmelades, les tourtes, les sirops. Mais sentez donc ! s'impatienta-t-elle avec entrain.

Baucis folâtrait avec une incroyable vivacité d'une plante à l'autre, effleurant une fleur au passage, inspirant son parfum, levant les yeux vers un arbre, se dressant sur la pointe des pieds pour distinguer les montagnes et en observer les nuances variées sous le soleil. Vive et primesautière, elle partageait de bonne grâce ses élans et son univers avec Prométhée.

Elle lui ouvrait ainsi son âme, ranimant la sienne sans qu'il s'en aperçût. Fléchissant malgré lui, il l'écoutait et considérait avec attention ce qu'elle lui montrait. Délaissant ses tourments pour regarder le monde qui l'entourait, il finit par siffloter doucement en suivant les allées sablonneuses du jardin.

Chapitre XXIX

Le monastère de Philémon et Baucis était hors du commun, imprégné par la présence de ce couple sans âge, qui accueillait tout étranger, tout inconnu, tout nouveau-venu avec une égale bienveillance et générosité de cœur, un détachement empreint de réserve et de délicatesse.

Le soir, quelques hommes se retrouvaient à dîner autour de la grande table de la salle commune. Des meubles rustiques, vaisseliers, commodes, étagères en complétaient le mobilier. De larges fenêtres s'ouvraient sur le cloître, où des massifs de fleurs et de plantes bordaient deux allées formant une croix. Au centre, un vieil arbre luxuriant ombrageait tout le cloître, se séparant à sa base en deux troncs dont les frondaisons s'étendaient sur le toit.

De sa place, à une extrémité de la table, Prométhée était invariablement attiré par cet arbre de trois cents ans. En le contemplant, il lui semblait distinguer deux arbres qui auraient pris racine dans la même terre, et crû chacun dans une direction particulière. Pour lui, cet arbre était une figure végétale insolite qui représentait Philémon et Baucis. À la fois proches et distincts, ces derniers laissaient leurs richesses s'épanouir en toute liberté, avant de rejoindre le ciel d'un élan commun.

Auprès d'eux, Prométhée avait le sentiment de faire une découverte inaltérable qui lui eût semblé, il y a quelque temps encore, totalement dérisoire.

Celle de l'homme et de la femme, du père et de la mère, du premier homme et de la première femme. Un couple qui lui ravissait son passé de fière solitude et d'indifférence à ces humains qu'il désirait pourtant tant voir progresser.

Quoique vivant dans ce lieu isolé, Philémon et Baucis n'en ouvraient pas moins leur âme et leur cœur au vaste monde. Quoi qu'ils fissent, l'on percevait leur ouverture, leur abandon à tout de ce qui survenait, la liberté intérieure qui leur permettait d'accueillir les multiples manifestations de la vie, sans subir les conflits dus au choix, sans se soumettre à la cruelle exclusivité qui se saisit d'une partie en refusant l'autre.

La plupart des humains donnaient certes, dans un élan de générosité, d'orgueil ou de vanité, pour être aimés, reconnus, flattés par ceux qui leur étaient redevables, ou pour toute autre raison inavouable. Mais ils ne donnaient qu'un objet, un geste, une émotion, un fragment ou une pièce du puzzle qui les constituait. Et toujours, ils attendaient un don mutuel.

N'était-ce pas ainsi qu'il avait vécu lui-même ? Alors qu'il se croyait désintéressé en vouant sa vie au progrès de l'humanité, n'étaient-ce pas son orgueilleuse ambition et son irrépressible besoin de reconnaissance qui avaient guidé ses pas ?

Philémon et Baucis, eux, ne donnaient pas dans l'espoir d'une quelconque réciprocité. Cela leur eût semblé inepte. Ils ne donnaient pas ce qu'ils possédaient ou avaient reçu en partage. Ils se donnaient tels qu'ils étaient, naturellement, sans en rien attendre ni espérer.

Ils s'abandonnaient à ce qui était.

À leur table, ils devisaient avec une légèreté et un détachement qui n'étaient ni indifférence ni défaut d'attention. Au contraire, tout éveillait leur intérêt, suscitait leur désir de comprendre, provoquait leurs interrogations.

Ils étaient présents à tous, et à tout ce qui les entourait, se laissant toucher, frapper, émouvoir. On le percevait à leur contenance, leurs gestes, leurs yeux qui se fermaient à demi, leur front qui se plissait, leur sourire.

Celui de Baucis, franc et joyeux, celui de Philémon à peine ébauché, un pli narquois aux lèvres, comme si les mots et les idées échangés étaient sans gravité et que tout pût se résoudre. Comme si la chose la plus grave était le mal que se faisaient les humains, enfants précoces et ingénieux mais puérils et orgueilleux, qui n'avaient de cesse de se battre, se heurter, se meurtrir, inaptes à se connaître, se reconnaître, s'accepter, ignorant leurs besoins et aspirations authentiques.

Prométhée surprenait cette réflexion dans le sourire laconique, circonspect, et malicieux du vieil homme qui, bien qu'aimant le monde et ses habitants, paraissait sans illusion sur la nature humaine.

Aussi, avait-il hâte de s'asseoir chaque soir au bout de la table, face à Philémon. En le considérant, son amertume, sa culpabilité, sa désillusion, toutes sources de détresse, s'allégeaient. Son passé, ses désirs inassouvis et ses espoirs stériles, l'avenir et son incertitude s'effaçaient. Il oubliait également ce vide qu'il sentait par instants en lui, ce manque indéfini qui le rongeait depuis si longtemps.

Il se sentait presque insouciant.

À l'aube, lorsqu'il se réveillait dans sa modeste chambre, il demeurait un long moment immobile, avant de reconnaître ce décor inaccoutumé. Bien que sa vie passée commençât à s'estomper, il lui arrivait de distinguer le cube avec une netteté étrange, de haut, comme si, flottant parmi les arbres, son regard en traversât le toit.

Tant d'insolite splendeur, pensait-il alors en revoyant son ancienne chambre, tant d'obscure somptuosité, tant de fastueuse extravagance, tant d'espace pour lui et ses recherches !

Tant de vide...

Sitôt levé, les images de sa vie passée, contours, couleurs, objets, s'évanouissaient et se consumaient comme celles d'un rêve, se perdant dans les abîmes de cet univers que chacun porte en lui, d'où elles ne ressurgissent jamais telles qu'on les a fixées.

Dans ce monastère, au sein d'un pays étranger, il se sentait arraché à son cube, son laboratoire, ses recherches, son élixir même, qu'il croyait être une incarnation idéale de lui-même.

C'est à peine s'il reconnaissait le chercheur important, grave, rigoureux, qui avait toujours tout prévu, dont la vie avait été une ligne tracée avec fermeté qui ne se départait jamais de sa destination, qui avait passionnément foi en la civilisation et désirait voir les humains progresser, fidèle à la mission que les dieux lui avaient confiée.

Pire, il se sentait de moins en moins proche de lui.

À mi-chemin entre le passé et le futur, dans un présent insaisissable et imprévisible, sa vie était d'une désinvolte légèreté, le délestant du fardeau qu'il avait inlassablement porté sur ses épaules.

Cette désinvolture qu'il avait toujours méprisée chez Épiméthée, la considérant comme un signe de faiblesse, de velléité, d'irrésolution.

Souvent, lorsqu'elle le voyait sortir du monastère, Baucis lui faisait un signe de la main, l'invitant à la rejoindre. Il échangeait toujours avec elle des paroles savoureuses et neuves. En toute légèreté, elle lui apprenait à voir, sentir, écouter, des aptitudes auxquelles il n'avait jamais accordé la moindre importance.

À son contact, les murailles intérieures qui le protégeaient des autres et du monde, les barrages infrangibles, les digues rigides devenaient des frontières tout à fait poreuses.

Dans ce jardin, qui était l'espace privilégié de son hôtesse, personne n'allait sans y être convié. Des buissons de fleurs sauvages et rares s'y répandaient librement, mêlés de plantes aromatiques. Un bosquet de figuiers ombrageait un banc de bois vermoulu qui exhortait à la rêverie.

Baucis lui désignait d'un mot ou d'un geste les variétés d'arbres, de plantes, de fleurs, la terre changeante, claire et friable comme du sable, ou terreuse et fertile, les rochers dont les teintes variaient du bleu sombre au mauve clair, et les innombrables pierres qui parsemaient le sol.

Il n'était pas rare qu'elle en ramassât une et, qu'après l'avoir soigneusement examinée, la laissant glisser d'une main dans l'autre, elle la mît dans sa poche.

– J'aime les pierres ! proclama-t-elle un jour en voyant sa mine surprise. Bien sûr, j'aime les espèces végétales, mais j'ai un faible pour les pierres. Elles agrémentent mon jardin par leurs formes et leurs couleurs indéfinies. J'aime particulièrement les tenir dans le creux de mes mains.

– Pourquoi ? lui demanda Prométhée, interloqué.

– Cela vous surprend, n'est-ce pas ? s'exclama-t-elle avec un sourire taquin. Vous me prenez pour une vieille folle !

– Certes non ! protesta Prométhée. Mais je n'ai jamais prêté attention à ces petits cailloux. Ils sont si...

– ... insignifiants, voulez-vous dire ? Ils se ressemblent tous ? Comme les humains ?

– Oui, avoua Prométhée, qui rougit légèrement.

– Et pourtant, aucun ne ressemble à l'autre ! C'est cela que j'aime dans la nature. Aucune plante ne songerait à ressembler à une autre, même d'une espèce semblable, si tant est qu'elles songent ! termina-t-elle en s'esclaffant.

» Aucun arbre ne ressemble à un autre, aucune fleur n'a son double identique, aucune branche ne dessine la même courbe. Au moindre coup de vent, les feuilles, les plantes, les herbes se plient et se déplient, se froissent et se défroissent, s'emmêlent et se démêlent, s'entrelacent et se dénouent. Et, à chaque instant, leur mouvement est différent.

» Les dieux ont façonné différemment la plus infime des créatures vivantes, insufflant à chacune son unicité. Alors, pourquoi les humains seraient-ils semblables, courberaient-ils leurs têtes pareillement sous l'effet des tempêtes, des bourrasques, des tourmentes de la vie ?

» Tout ce qui vit, Prométhée, tout ce qui exhale un souffle de vie, est unique ! Tout est absolu, irremplaçable, tout a une destinée singulière. Nul ne peut prendre la même direction, suivre la même trajectoire, avancer sur le chemin des autres. Chacun doit découvrir la courbe de son existence qui le mène vers son lieu ultime ! conclut-elle sous les yeux ébahis de Prométhée, figé comme une statue durant cette réflexion magistrale.

– Vous avez tout à fait raison, Baucis ! s'exclama-t-il, sortant de sa léthargie. En effet, c'est une tendance effrayante des humains à vouloir se ressembler, à se comparer, se mesurer les uns aux autres, comme s'ils ne pouvaient vivre ensemble avec leurs différences, leur individualité, leur originalité...

– ... et la condition de la vie en commun était d'être semblables et indifférenciés ! l'interrompit Baucis. Les humains sont de plus en plus nombreux à vivre dans les villes, fuyant la solitude. À force de trop se mêler les uns aux autres, ils se contaminent et se perdent. Mais vous, Prométhée, vous ne vous êtes pas perdu.

– Vous vous trompez, Baucis ! C'est pire ! J'ai perdu l'humanité ! En désirant la sauver, je l'ai perdue ! Je suis responsable de cette folie qui entraîne les humains à se désirer tous identiques, comme si de se voir dans les yeux des autres les rassurait sur leur identité.

– Je comprends ce qui vous rend amer, Prométhée, dit Baucis, magnanime. Vous l'avez également perçu en vous, ce besoin si humain d'être rassuré par le regard des autres, n'est-ce pas ? Qu'y a-t-il de plus rassurant que ce qui vous ressemble ? Or, je crois que les humains ont de plus en plus besoin d'être rassurés, car ils ont perdu le sentiment inaltérable de leur être unique, de leur identité singulière.

– Tels les grains de sable d'une plage ou les gouttes d'eau d'un océan... soupira Prométhée, assombri.

– Pourtant, l'océan est d'une splendeur ineffable, repartit Baucis. La plage de sable fin et clair est une étendue éclatante bordant l'eau. Prométhée, la vie est vraiment merveilleuse, enchanteresse, infinie ! Tout est idéalement conçu et ordonné pour que les créatures vivantes puissent vivre en harmonie, chacune à sa juste place.

» Il est vrai que les humains ont perpétré le pire, en peu de temps, sans en pressentir les effets, pour rompre cet ordonnancement. Peut-être ont-ils seulement oublié que la nature était le fondement même de leur existence ?

» Dites-moi, Prométhée, qu'y a-t-il de plus réel ? Les élaborations humaines passagères, générées par la pensée et les élucubrations du cerveau ou la nature et ses formes immuables ?

» La distinguons-nous seulement, cette nature, à travers les mailles resserrés du filet de nos pensées ? Avons-nous atteint ce stade de clairvoyance qui permet de l'embrasser dans sa totalité, avec ses aspects inconnus, étranges, irréels, surnaturels ?

» Ceux-ci provoquent une telle terreur chez les hommes ! C'est ce qui explique leur acharnement à les maîtriser et les contrôler. Mais, en toute chose réside l'autre face, la face imperceptible, irrationnelle, inaccessible à notre pensée.

» Non, Prométhée, vous n'avez pas perdu l'humanité ! acheva-t-elle avec conviction. Vous avez cru en vous et en votre faculté de changer le monde. Vous avez suivi ce chemin avec patience et intégrité...

– ... avec obsession et orgueil ! rectifia Prométhée.

– C'est là où gît votre orgueil ! Dans votre culpabilité même, qui est égocentrisme. Je conviens qu'il est nécessaire d'accepter sa juste responsabilité dans un événement. Mais s'estimer responsable de l'effondrement du monde n'est que pur orgueil !

– Alors... balbutia Prométhée... je ne serais pas coupable d'avoir conçu et fabriqué mon élixir, de ses effets sur les humains, de la transformation qui en a résulté, de la mort de mon propre frère ?

– Non ! En fait, la transformation du monde vous a tant désillusionné que vous vous êtes cru coupable de tout, à l'instar d'un dieu ! Seuls, les dieux, ces forces éternelles, peuvent endosser la grande culpabilité, la responsabilité de l'univers et des humains tels qu'ils sont. Or, vous n'êtes pas un dieu, que je sache !

» Par ailleurs, si vous considérez les civilisations anciennes, n'y remarquez-vous pas les mêmes tendances des humains à se dominer les uns les autres, à se battre les uns contre les autres, et à se ressembler ?

» C'est vieux comme le monde ! lui lança Baucis avec humour.

» Prométhée, les humains sont encore empêtrés dans des utopies enfantines. Ils n'ont pas changé, si ce n'est en apparence, et il est illusoire de les croire capable d'affronter la solitude. Or, ne pas ressembler aux autres, c'est être seul face à soi, face aux dieux, face à l'univers entier. Et cela, Prométhée, est odieux à la plupart des humains.

» Même si votre élixir a eu un quelconque effet, il n'a fait que renforcer des tendances qui existent depuis toujours.

» La puissance, la domination, le pouvoir sont de bien piètres compensations à la frustration insupportable de l'humain. Alors, il désire toujours posséder davantage, aller plus loin, monter plus haut, croyant naïvement que là réside la clé de ce qu'il appelle bonheur.

» En vérité, ce qu'il a perdu de vue, c'est son premier et grand rêve d'enfant. Cela l'empêche de croître tel un arbre, de se déployer dans l'espace dont il a besoin, de laisser ses branches s'élancer dans des directions variées.

» Petit à petit, l'enfant sans rêve se laisse enfermer dans un espace restreint, limité, circonscrit. Et lorsque vient l'heure de rendre son âme, son fleuve intérieur ne peut s'écouler vers l'océan et s'unir à lui, car son âme ne s'est pas éveillée et n'a pas mûri.

» Mûrir, c'est simplement accepter de mourir. Et non poursuivre obstinément une illusoire immortalité. Nul ne connaît la mort. On ne peut l'approcher qu'en acceptant à chaque instant de mourir, en acceptant de naître à nouveau tout en ayant peur de naître à nouveau, de tout recommencer alors que l'on s'était si bien protégé en se recroquevillant dans une niche confortable.

– Je suis, moi aussi, un enfant qui a dû abandonner son premier grand rêve, murmura Prométhée, affligé.

– Je vous sens mélancolique, Prométhée. Mais vous êtes aussi vivant, créateur et, je le crois, clairvoyant... Votre regard doit rester tourné vers l'horizon. Même si vous ne la distinguez pas encore, la ligne d'horizon est là. Nette, claire, droite.

– Pourtant, je n'ai rien réalisé, rien accompli, rien fait pour les humains mes frères...

– Voyez cette pierre que je viens de ramasser, lui dit Baucis gravement, en lui montrant une pierre au creux de sa main. Elle était parmi d'autres, petite et inutile, et je l'ai choisie pour embellir mon jardin. Ainsi avez-vous créé votre élixir, pour embellir l'humanité. Cependant, si je suis libre d'élire cette pierre et d'en faire ce que je veux, vous ne pouvez procéder de même avec la destinée de l'humanité. Celle-ci ne dépend pas de votre volonté, de votre aspiration à la perfection, de votre vision de la civilisation idéale.

– Cela est juste, admit Prométhée. C'est mon orgueil qui a imaginé la civilisation idéale, ma volonté ayant parachevé cette œuvre. Je me suis pris pour un dieu !

– Oui, c'est bien ainsi que les choses se sont passées, reconnut Baucis avec indulgence.

» C'est bien d'un homme, cela ! souligna-t-elle en riant, comme s'il s'agissait d'une fameuse plaisanterie, d'un canular saugrenu.

– Vous croyez les femmes différentes ? l'interrogea Prométhée qui avait du mal à suivre les détours inattendus de sa pensée.

– Qu'en pensez-vous ?

– Pas grand-chose... Je ne connais guère les femmes. Je n'ai jamais eu d'amie, ni de femme qui partage ma vie.

– Voilà où le bât vous blesse ! s'exclama Baucis avec entrain. Vous me permettez, Prométhée, de vous taquiner un peu ? Vous êtes si sérieux ! Vous n'y comprenez rien ! Philémon et moi sommes si âgés, avons tant vécu, que nous avons fini par comprendre que nous étions semblables à ces petites pierres, chacune précieuse et unique, chacune ayant sa place et sa mission, celle d'enchanter le lieu où sa destinée l'a fait rouler. Ni plus ni moins. Cette pierre que j'ai trouvée aujourd'hui va merveilleusement orner mon jardin.

» Rentrons, Prométhée, je me sens un peu lasse.

– Oui. Mais avant, je vous prie de m'accorder un instant, Baucis ! lui fit Prométhée, les yeux brillants.

Il s'éloigna, scruta attentivement la terre, tourna en rond, se baissant et se relevant à plusieurs reprises. Puis il resta un long moment accroupi. Après s'être redressé, il revint vers Baucis, la main tendue.

– Baucis, j'ai trouvé une pierre pour votre jardin ! s'écria-t-il avec vivacité, un sourire aux lèvres.

Soudain, Baucis vit Prométhée tel qu'il avait été, était et serait toujours, avec sa grâce, sa beauté, sa distinction naturelle. En un éclair, elle comprit tout : sa fierté, sa noblesse, sa grandeur, son amertume, son désenchantement, son désespoir.

– Merci, répondit-elle, prenant avec délicatesse la pierre ronde et blanche.

Chapitre XXX

Prométhée ne s'était jamais rendu dans le grand oratoire du monastère. Il lui rappelait trop les édifices religieux et le dieu juge et vengeur qui y présidait, le renvoyant douloureusement à son passé.

Néanmoins, dans la petite chapelle où travaillait Aris, il ne perçut rien de tel. Celle-ci se révéla être un lieu de recueillement et de contemplation à l'attrait puissant, où l'on pouvait se livrer à ses méditations sans se sentir évalué, jugé, voire condamné.

Les fresques anciennes qui en rehaussaient les murs avaient un charme intemporel. Aris lui dévoilait l'esprit de ces temps reculés, la vie singulière esquissée par les créateurs sans nom qui avaient gravé dans la pierre les figures divines et surnaturelles, les hommes et les femmes, les lieux, les animaux, les végétaux qui leur étaient familiers.

Jusqu'à présent, Prométhée n'avait jamais songé aux racines du monde où il était né, entraîné à se projeter dans l'avenir, son progrès et son perfectionnement, ne ressentant pour le passé qu'indifférence. Comme s'il n'était qu'un espace négligeable situé sur la courbe ascendante de la civilisation, instaurée en souveraine incontestée.

Aussi, en contemplant ces vestiges d'une époque lointaine, commençait-il à entrevoir l'inanité de sa foi démesurée en la civilisation. Celle-ci était certes une belle conception qui faisait miroiter une évolution humaine régulière et constante, par la vertu de découvertes scientifiques, industrielles, techniques.

Mais il se pouvait que cet idéal ne fût qu'un leurre, un piège, ou un artifice auquel les humains se cramponnaient farouchement, à tel point qu'ils en devenaient impitoyables, injustes les uns vis-à-vis des autres.

Aucune époque n'a jamais été supérieure à une autre : différente simplement. Chacune ne recelait-elle pas ses richesses propres, ses pensées originales, ses humains marquants, ses manifestations créatrices, son art de vivre, ses passions et ses souffrances ?

À l'instar de Baucis, ces fresques anciennes lui prodiguaient un enseignement qui lui resterait à jamais.

Cesser de s'acharner à atteindre la perfection pour soi et ses semblables : la quête de perfection, aussi noble fût-elle, se retournait inflexiblement contre celui qui l'engageait, tel un boomerang destructeur. Si l'on détruisait l'extérieur dans le seul but de le rendre plus parfait, cela entraînait à détruire l'intérieur, cette étincelle de vie éternelle qui vibrait en chaque être humain.

Accueillir la vie sous quelque forme qu'elle survînt : l'altérité, l'inconnu, la transformation, le renouveau.

Renoncer à tout asservir pour tout posséder : la convoitise et la cupidité n'étaient que des expressions de ce vide intérieur, de ce gouffre sans fond que risquait de devenir l'âme dépouillée de vie, qui a dénoué son lien d'élection avec le divin. Semblable à un baril percé dont le contenu fuyait sans fin à travers la trouée béante.

Certains soirs, ses amis s'attardaient au monastère. Amalthée et Althée, pleins d'entrain, Aris et sa verve intarissable lorsqu'il contait les récits du passé, Cypras et ses compagnons bergers qui remplissaient la nuit des sonorités ardentes de leur musique, jouant de la flûte et improvisant à partir d'airs anciens.

À de tels instants, lui revenait le souvenir d'Épiméthée. Celui-ci s'était tant diverti en compagnie des quatre frères, pendant qu'il s'enfermait dans son laboratoire, dédaignant l'amitié, les liens humains, la saveur d'un repas partagé, la joyeuse griserie prodiguée par les vins, les propos spontanés fusant de toutes parts.

Épiméthée, lui, avait vécu dans l'ivresse et l'exultation ces agapes généreuses, ces manifestations de l'humanité dans sa simplicité et son authenticité.

Il avait fallu que son frère disparût tragiquement pour qu'il se sentît proche de lui, qu'une partie de lui se ranimât dans son cœur. Cette partie qu'ils avaient en commun à leur naissance et qu'il avait écartée délibérément, ne la reconnaissant ni ne l'admettant, en ce qu'elle ne lui permettait pas d'accomplir son œuvre. Cette part commune à tous les humains, qu'il avait foulée comme une souillure.

À la table de Philémon et Baucis, celle-ci renaissait en lui, le libérant de sa rigidité, de son inflexible volonté, de son mépris de la vie et d'Épiméthée qui avait incarné celle-ci. Il lui arrivait même de rire aux éclats, laissant revivre ce frère jumeau si plein de vie, de fantaisie, d'amitié, qui vivait parmi les autres en égal.

Épiméthée, capable de toutes les générosités, comme celle de tendre une main secourable à une inconnue, ainsi qu'il l'avait fait avec Pandore, lorsque lui ne daignait lui jeter le moindre regard. Lui, dont le fol orgueil la lui avait fait négliger, le séparant d'elle, le détruisant.

De même qu'il avait tenté de détruire Pandore, en niant son charme intemporel et son âme féminine. Mais l'âme de Pandore était de celles qui ne se laissaient ni circonscrire ni asservir. Bien qu'il l'eût blessée, il n'avait pu effacer de sa vie, ni même soumettre, celle qui s'était mystérieusement dérobée, à son insu.

Au bout de la table, Philémon le regardait en tirant sur sa pipe, avec un sourire moqueur, les yeux pétillant d'une malice contenue. Le vieil homme semblait lui donner une leçon inégalable.

L'humour... L'incomparable humour qui se joue avec facétie des situations les plus accablantes, de la souffrance inextinguible, des aspects les plus obscurs de soi-même. L'humour qui considère tout avec indulgence, qui va jusqu'à se railler du pire, allégeant le fardeau pesant de l'existence. L'humour qui apprécie tout avec cette conscience sagace mais indulgente, à laquelle n'accèdent que quelques rares humains, l'âge venant.

« Oui, lisait Prométhée dans les yeux de Philémon, c'est ainsi qu'est l'homme, c'est ainsi qu'il te faut l'accepter. Ni plus brillant, ni plus sombre que ne le concevait ton orgueil. Ni plus sage et avisé, ni plus sot et insensé.

« Égaré entre les extrêmes, aucun humain ne déroge à la règle commune. Nul n'est supérieur aux autres. Nul ne peut sauver le monde ni faire évoluer les humains contre leur gré. Nul ne peut élaborer de baume magique pour panser leurs plaies. Car leurs plaies, ils se les infligent eux-mêmes.

« Nul ne peut concevoir de médecine miraculeuse ou d'élixir renfermant le feu de l'esprit, car les humains sont inexorablement attirés par la vacuité, laquelle les rassure, les soulage et les conforte dans leur inertie naturelle.

« En définitive, qu'importe si la sottise l'emporte sur la perfection, et la désinvolture sur la sagesse ! Qu'importe si l'insouciance de l'enfance conduit l'humain sur des chemins de traverse, pour la pure joie d'exister, de vagabonder, de créer, sans crainte de n'être connu ou reconnu... ».

– Je comprends... murmura Prométhée un soir, je comprends...

– Que comprends-tu, Prométhée ? s'écrièrent ses amis qui l'avaient entendu. De quoi parles-tu ? Qu'as-tu compris ?

– Rien... répondit Prométhée en jetant un coup d'œil à Philémon qui, impassible, vidait sa pipe à petits coups répétés sur la table, comme un pivert frappant son bec sur le tronc d'un arbre.

– J'aimerais faire l'ascension de ce massif dont vous m'avez parlé. Qu'en dites-vous ? Si nous la faisions ?

– Bravo ! s'écria Aris. Prométhée, je n'y croyais plus ! Je te voyais toujours te promener seul ou avec Baucis, osant à peine t'éloigner des limites du jardin.

– Je craignais que tu ne sois encore mélancolique, ajouta Althée.

– Moi aussi ! enchérit Cypras.

– Et moi donc ! fit Amalthée dans un éclat de rire. Quelle excellente nouvelle ! N'est-ce pas, Philémon ?

– Oui, déclara Philémon, placide, ce massif est l'un des plus beaux et singuliers qui soient. Le gravir est une expérience inoubliable.

CHAPITRE XXXI

Ils partirent à l'aube. Les quatre frères taquinaient Prométhée, car il n'était guère accoutumé à faire de longues marches, et encore moins à escalader de montagne.

– Comment appelle-t-on déjà ce massif ? s'enquit-il.

– Le massif des aigles !

– Des aigles ? s'étonna Prométhée. Il y a donc des aigles ici ?

– Il y en avait autrefois, répondit Cypras.

– Mais il n'y en a plus depuis longtemps, précisa Aris. En réalité, c'est la forme du massif qui est à l'origine de ce nom. Si tu le regardes attentivement, tu verras qu'il a la forme d'un oiseau de proie.

En fermant à demi les yeux et en regardant fixement le massif, l'on distinguait en effet le profil d'un oiseau dessiné par un éperon rocheux. Le sommet ressemblait à une tête arrondie, deux cavités en creusaient les yeux, et une corniche évoquait le bec busqué d'un aigle.

– En effet, je vois bel et bien un aigle, constata Prométhée.

– Félicitations ! s'écrièrent ses amis. En général, personne ne le voit ! On dit que ceux qui y parviennent vont changer de vie dans l'année et avoir une révélation !

– Pure superstition ! railla Prométhée, de bonne humeur

– Tu as raison ! acquiesça Amalthée. Je suggère de marcher plus rapidement, sinon nous ne serons pas de retour ce soir, et il n'y a pas de lieu où passer la nuit.

La nature était dense, de vieux arbres aux frondaisons touffues s'inclinaient le long du versant, ne laissant filtrer que des rais de lumière ténus. Le sous-bois était envahi d'arbustes et de plantes sauvages. Les cigales crissaient continûment et une multitude d'oiseaux filaient comme des flèches d'arbre en arbre.

Durant quelques heures, ils suivirent un étroit sentier de montagne boursouflé de rocs et de caillasses. Prométhée sentait petit à petit la fatigue le gagner. Haletant, il peinait à avancer sur le chemin de plus en plus abrupt, se laissant distancier par ses amis, habitués aux périples dans la montagne. L'un ou l'autre se retournait régulièrement pour l'encourager.

Inopinément, il se rappela son île, qu'il arpentait au crépuscule. Ses réflexions l'occupaient alors en permanence, brouillant ses sens, le rendant indifférent à ce qui l'entourait, l'éloignant de l'essentiel. Cette chose essentielle dont la nostalgie le hantait en permanence. Une sensation d'incomplétude, incompréhensible, qui n'avait de cesse de l'assaillir.

Perdu dans ses pensées, Prométhée avait insensiblement bifurqué, s'engageant dans un chemin plus large. Lorsqu'il s'en rendit compte, il revint sur ses pas, mais ne vit plus ses amis, ni ne perçut l'éclat de leurs voix. Les cigales et les oiseaux eux-mêmes se faisaient plus discrets en plein midi, où la nature indolente somnolait.

Il se résolut à les appeler, criant et sifflant à plusieurs reprises. Seul, l'écho lui répondit. Scrutant avec attention les sentiers escarpés qui serpentaient le long du versant, il prit celui qui lui parut le plus sûr.

Il marchait d'un pas lent et régulier. À nouveau, les oiseaux s'ébattaient bruyamment dans les branchages, un torrent jaillissait entre les arbres, éclaboussant les roches et la végétation.

Malgré la disparition de ses amis, Prométhée n'était pas inquiet. Son séjour au monastère avait aiguisé ses sens, et son corps avait gagné en vigueur. Bien qu'il eût perdu leur trace et fût moins à l'aise qu'eux dans cette nature sauvage, il se sentait assez fort pour s'y égarer et y retrouver son chemin. Il était certain de les revoir au sommet.

Aussi, poursuivait-il sa route avec sérénité, se réjouissant de sentir son corps affronter avec agilité et souplesse le labyrinthe de troncs massifs et noueux, de sous-bois, de rochers dans lequel il errait.

Soudain, il se retrouva hors de la forêt, à mi-chemin du sommet qu'il distinguait vaguement. Le sentier devenait plus raide et pierreux, les environs foisonnaient d'herbages, où çà et là des brebis somnolaient à l'ombre d'un bosquet.

Prométhée prenait garde à ne pas trébucher sur les pierres et la caillasse.

Il avait trouvé une branche d'olivier assez solide pour s'y appuyer. Plus il montait, plus les rochers s'amoncelaient autour de lui, l'herbe se clairsemait, les brebis s'éclipsaient, minuscules formes blanches se détachant sur le vert profond des pâtures.

Il entamait l'ultime étape de la montée, les yeux rivés sur la forme d'aigle du massif qui se profilait sur le ciel. La nature alentour était de plus en plus aride. Par instants, il s'adossait à une falaise ou s'agrippait à une aspérité, pour se désaltérer en buvant quelques gorgées d'eau.

Il allait atteindre le sommet, un promontoire assez large où plusieurs personnes pouvaient tenir debout, lorsqu'il aperçut un oiseau à l'envergure impressionnante. Il planait au-dessus de lui en mouvements circulaires, s'approchant de plus en plus. Tout en admirant ses courbes majestueuses, Prométhée sentait une angoisse l'envahir sournoisement, fouillant ses entrailles, lui donnant la nausée. L'oiseau grandiose emplissait le ciel, lui dissimulant tout le paysage.

C'était un aigle.

Gigantesque, il était à présent près de sa tête, battant des ailes avec lenteur. Envoûté par l'oiseau qui le dominait entièrement, Prométhée trébucha et tomba. Sa tête heurta un rocher.

Il perdit connaissance en poussant un cri.

Lorsqu'il revint à lui, ses amis l'entouraient. L'aigle avait disparu. Il tenta de se lever, mais retomba en arrière. Une douleur aux tempes le faisait gémir.

Amalthée et Althée le soutinrent, Aris lui fit boire de l'eau.

– Que s'est-il passé, Prométhée ? l'interrogèrent-ils.

– Tu nous as causé une belle frayeur ! fit Cypras. Comme tu ne nous suivais plus, nous t'avons cherché sur l'autre versant, et soudain nous avons entendu ton cri. Nous sommes accourus le plus rapidement possible. À notre arrivée, tu étais couché par terre avec une blessure à la tête.

– Ne t'inquiète pas, le rassura Aris. La blessure n'est pas grave. Nous l'avons soignée. Mais comment est-ce arrivé ?

– Ah, mes amis... parvint à articuler Prométhée, livide, je ne m'en souviens pas. J'ai dû me tromper de chemin, je ne vous ai plus entendu. Je montais d'un bon pas, je pensais vous retrouver au sommet. Et brusquement, j'ai vu un aigle voler dans le ciel. Il était immense et s'approchait de moi. J'ai été effrayé, avoua-t-il, troublé.

– Un aigle, ici ? s'écrièrent-ils. Mais c'est impossible !

– Il n'y en a plus depuis une éternité, remarqua Amalthée. Es-tu sûr d'avoir vu un aigle, Prométhée ?

– Tu as peut-être eu une vision, après ce que nous t'avons dit sur le massif des aigles... dit Aris, compréhensif. Nous te connaissons, Prométhée. Bien que scientifique, tu es aussi un contemplatif...

– ... voire un visionnaire... ajouta Cypras.

– Je suis certain que cet aigle était réel ! répliqua Prométhée. Sinon, pourquoi serais-je tombé et aurais-je perdu connaissance ?

– Soit, soit... le tranquillisèrent ses amis. Nous en reparlerons. En attendant, mieux vaut regagner le monastère.

La nuit suivante, Prométhée ne dormit que par intermittences. Sa tête était douloureuse, le crissement strident des cigales l'irritait. Entre deux phases de veille, il fit un rêve.

Il gravissait le massif des aigles, chargé d'un bagage pesant qu'il parvenait à grand peine à hisser sur le sentier, et qui se lacérait sur la pierraille. Il parvint au sommet, le cœur battant, affamé, assoiffé. Alors qu'il reprenait son souffle, un aigle géant se posa près de lui. Il voulut crier, appeler à l'aide, mais aucun son ne sortait de sa bouche. Il voulut fuir, mais il était paralysé par l'oiseau monstrueux dont les yeux perçants le fixaient et le bec crochu le menaçait. Debout, les ailes déployées, il occupait une grande partie de l'éminence. Soudain, il ouvrit son bec semblable à une paire de tenailles, et lui asséna un coup violent sur la poitrine.

Pantelant, toujours impuissant à émettre le moindre son, son cœur était si douloureux qu'il eut l'impression que l'oiseau l'avait déchiqueté.

À cet instant, apparut une femme. Elle était plus grande que l'aigle. Elle cria et agita ses bras pour effrayer l'oiseau qui finit par s'envoler. Elle paraissait irréelle, voilée d'une étoffe soyeuse. Son visage entouré de longs cheveux bruns était d'une beauté saisissante. Il lui rappelait une figure qu'il avait connue. Elle portait au cou un somptueux et insolite collier de bronze ciselé.

Doucement, elle posa sa main sur sa poitrine, à l'endroit où il ressentait une vive douleur. À son annulaire, reluisait un cristal blanc d'une éclatante pureté. Aussitôt, il se sentit soulagé. Puis, la femme disparut dans une nuée opaque.

En s'éveillant, un nom monta à ses lèvres : « Pandore ! ».

CHAPITRE XXXII

Une paix profonde régnait dans la salle commune du monastère.

– Prenez place près de nous, Prométhée, le pria Philémon d'un ton affable. Nous sommes seuls ce soir.

Prométhée s'installa face à Baucis, à la gauche de Philémon. Il n'avait pas la moindre envie de parler de son escapade dans la montagne, qui s'était achevée si piteusement. Il se sentait confus, désarçonné, amoindri.

Baucis et Philémon respectaient son silence, se contentant de l'entourer d'une chaleur discrète. Par instants, ils se regardaient et se comprenaient d'un sourire, de quelques mots échangés.

Leur entente était si indéfectible qu'ils n'avaient pas besoin de parler ou de s'appesantir sur un sujet pour arriver à une conclusion. Celle-ci émergeait naturellement et fortuitement. Philémon hochait la tête, Baucis lui répondait d'un regard. Cela ne les empêchait pas d'inciter leurs hôtes à exprimer leurs opinions et leurs idées sur tout sujet abordé.

À la fin du repas, Philémon se tourna vers Prométhée en bourrant sa pipe.

– À propos, Prométhée, lui demanda-t-il, avez-vous vu le site ancien au pied du massif ?

Décontenancé par cette question, Prométhée demeura interdit, ne sachant que répondre.

– Je vous prie de m'excuser, mais de quel site parlez-vous ? interrogea-t-il nerveusement. Je n'ai rien vu hélas… Comme vous le savez, je me suis égaré. Je ne me souviens même pas comment je suis arrivé au sommet du massif. J'ai l'impression d'avoir rêvé…

– Peut-être en effet… reconnut Philémon calmement, avez-vous rêvé tout cela. Il y a bien longtemps que les aigles ont déserté ce lieu.

— De plus, votre tête a heurté une pierre et vous vous êtes évanoui... observa Baucis avec réserve. Il est bien possible que vous ayez imaginé cet aigle.

Prométhée gardait le silence. Depuis sa fuite du monde et son arrivée au monastère, il lui semblait que tout allait à vau-l'eau. Certes, il se sentait allégé d'un fardeau pesant, il menait une vie simple, naturelle et paisible parmi ces étrangers si différents des humains qu'il avait coutume de côtoyer. Philémon et Baucis, cet homme et cette femme étonnamment jeunes et vivants malgré leur âge avancé.

Cependant, il avait perdu toute maîtrise, tout contrôle de sa vie. Penser, analyser, décider, ainsi qu'il l'avait fait toute sa vie, lui apparaissait vain et absurde. Sa relation au monde, à la vie, aux humains était devenue insaisissable comme une goutte d'eau.

Comment retenir l'eau, cet élément inconsistant, mouvant, si fuyant ?

L'eau qui s'écoule sans fin entre les arbres, les rochers, les prés, qui se transforme en permanence sous l'effet de l'air, du vent, des nuages. Les nuages qui s'accumulent, s'effilochent, se dispersent, puis réapparaissent sous des formes nouvelles, imprévisibles et inattendues, couvrant ou dégageant le ciel, dissimulant le soleil ou le laissant filtrer pour illuminer le monde.

Bien que la lumière pénétrât partout, elle était inéluctablement éclipsée par l'ombre. Tout était incertain et instable. Rien n'avait de consistance, n'était tangible, ne se laissait appréhender une fois pour toutes. Comment fixer la vie en permanente mutation ? La destinée aléatoire ? Le temps qui filait comme l'eau de la clepsydre ?

Rien n'était immuable. Le mouvement seul l'était.

À l'instar de la plupart des humains, Prométhée aspirait secrètement à une vie faite de certitudes, de stabilité et de permanence, qui ne changeait que sous l'injonction de la volonté personnelle. À une destinée qui suivait un chemin large, praticable, aisé, conduisant là où l'on désirait aller, sans croisée, traverse, gouffre, retour en arrière. Un chemin sur lequel tous les humains se dirigeraient ensemble vers ce qu'ils auraient déterminé comme étant le progrès, la perfection, la civilisation.

Mais force lui était d'admettre qu'une telle vie n'existait pas, n'était qu'un reflet illusoire, une altération de la réalité, à laquelle les humains s'accrochaient comme à une chose avérée et sûre, qui leur rendait l'existence supportable. La plupart d'eux préféraient se fixer en un point quelconque et y demeurer immobiles, pour ne pas risquer de trébucher, de chuter, de s'écouler comme l'eau de la clepsydre, ou le sable dans le sablier.

N'était-ce pas ce qu'il avait désiré lui-même, en ébauchant et esquissant les images jaillies de son esprit, dont l'élixir de feu était l'avatar parfait ? En se mettant au service de l'humanité, n'avait-il pas plus que tout recherché la force et la pérennité ? Au risque de sombrer dans l'inertie et d'être pétrifié.

Baucis et Philémon le regardaient en silence se débattre dans les méandres tortueux de ses pensées.

Il émanait d'eux une simplicité infaillible, semblable à la lumière qui éclairait ce qui devait l'être et préservait le mystère de ce qui était destiné à demeurer dans l'ombre.

– Puis-je vous poser une question, Prométhée ? lui demanda Philémon.

– Je vous en prie.

– Cette précipitation qui attise les désirs des humains et les contraint à les satisfaire sitôt ressentis vient-elle du feu du ciel, ce feu qui est peut-être en germe dans votre élixir, mais n'appartient qu'au divin ?

» En d'autres mots, peut-on s'arroger le droit de s'emparer de quelque chose qui ne nous est pas accessible, ou n'est pas accessible à notre époque ? Brûler les étapes ? Décider de la croissance, de l'évolution, de la transformation de la vie au gré de ses humeurs ? Faire de la croissance l'objet de son désir, l'instrument de sa volonté de puissance ?

» Toute chose vivante ne croît-elle pas en suivant son rythme propre, que l'on ne peut ni freiner ni accélérer ? Et, si l'on accélère artificiellement cette évolution naturelle, ne risque-t-elle pas de se dérégler, de s'enrayer, finissant par s'inverser ? Trop de précipitation n'entraîne-t-elle pas irrémédiablement vers l'abîme ? Dans la mesure où l'on ne peut jamais revenir au moment précis où le mouvement s'est déréglé. Il faut le laisser s'achever et agoniser, avant qu'un mouvement neuf puisse s'amorcer.

– Oui... hésita Prométhée... En tant que scientifique, j'ai en effet dérobé à ma manière ce que vous appelez le feu du ciel, le feu de l'esprit, en faveur des humains. Mais je me suis cruellement trompé. J'ai cru à tort en la supériorité du cerveau.

– Il me semble, Prométhée, l'interrompit Baucis, que vous avez vécu ici un moment hors de votre vie et de votre espace-temps habituels, n'est-ce pas ?

– Certainement ! reconnut Prométhée. Et j'y ai découvert bien des choses précieuses ! Par exemple, cet aigle que j'ai cru voir était bien réel, bien qu'il ne fût qu'un signe. Un signe original et inusité dans ma vie. Le signe de mon envol orgueilleux et stérile vers le ciel. Dans ma vanité, j'ai cru que les dieux m'appelaient pour me révéler le secret de leur puissance, afin que je puisse, à mon tour, le transmettre aux humains.

– Je comprends, je comprends... répéta Baucis, songeuse. Je suis une femme, Prométhée, et j'aimerais à mon tour vous poser une question. Pourquoi les hommes auraient-ils l'apanage du progrès, de la croissance, de la transformation, et ceci à leur manière ? Pourquoi les femmes ne pourraient-elles y participer, à leur manière également ?

» Croyez-vous que les dieux, si merveilleusement complets, achevés, unifiés, pourraient scinder impitoyablement l'humanité en deux parties, conférant à l'une la prépondérance, l'élection, la liberté de choix, et laissant l'autre en l'état, la contraignant à se soumettre, lui déniant le droit à sa croissance propre, ne la reconnaissant pas dans son altérité, sa différence ? Les femmes seraient-elles ainsi vouées aux gémonies par les dieux ? Serait-ce possible, Prométhée ?

– Non, mille fois non, Baucis ! protesta Prométhée avec véhémence. Vous et Philémon venez de m'éclairer ! J'ignorais l'importance de la femme dans la vie. Cette femme que j'ai toujours négligée, et dont vous, Baucis, m'avez dévoilé l'essence, la valeur et l'importance. Hélas, j'ai rencontré autrefois une femme qui semble toutes les figurer, et j'ai fait en sorte de la rejeter et de la faire disparaître, termina-t-il, affligé.

– Prométhée, si vous pouviez saisir le sens de votre souffrance, vous en seriez infiniment soulagé.

– Que savez-vous de la souffrance, Baucis ? Vous qui semblez comblée par la vie, qui n'en avez eu que la meilleure part ?

– Vous vous trompez, Prométhée, répondit Baucis avec gravité. Je sais pour le moins une chose qui pourrait vous éclairer.

– Quelle est-elle, Baucis ?

– La vraie souffrance nous purifie de toutes nos scories, ombres du passé, blessures, peines, désillusions. Tout est balayé par elle. Elle éclaire les zones obscures comme l'aube éclaire le monde. Alors, tout peut être remis à la place qui lui revient, sans pour autant disparaître.

» Contrairement à ce que nous craignons, la souffrance n'est pas dangereuse, inquiétante, menaçant notre vie ou notre identité. Elle peut même se transmuer en éblouissement, en illumination, en révélation. Alors elle devient bénédiction et cesse d'être malédiction. Une bénédiction qui efface toutes les malédictions, même les plus insolubles et infernales.

» Aussi, cessez de vous condamner, Prométhée, parce que vous n'êtes pas celui que vous supposiez être. Poursuivez ce chemin qui s'ébauche devant vous, même s'il vous ramène vers le passé. Ce ne sont que votre fierté piétinée et votre orgueil blessé qui vous font encore souffrir.

– Oui, dit Philémon avec fermeté. Il y a beaucoup d'orgueil dans certaines souffrances, dans la culpabilité également. Même lorsque celle-ci est en partie justifiée.

» Cependant, ne sommes-nous pas tous coupables, y compris les misérables, les victimes, les asservis, le grand nombre qui se laisse réduire en esclavage et se vend au plus offrant, au plus fort ? Maîtres et esclaves pareillement coupables ?

» Point n'est besoin des dieux et de leur colère vengeresse pour punir les humains. Ceux-ci se punissent eux-mêmes en élevant l'enfer sur terre !

» Les puissants le demeurent grâce à l'appui ambigu des faibles. Ces derniers, bien que plus nombreux, alimentent la puissance des dominants. Si les faibles renonçaient à leur sujétion, les forts disparaîtraient. Mais ils ne le souhaitent pas, car ils sont rongés par le même désir de puissance. De plus, tous ont besoin de l'image du puissant, qui est aussi celle du père, même sombre et cruelle, pour se protéger de leur angoisse et leur solitude.

» En vérité, les puissants sont plus asservis que les faibles, car ils ont sacrifié leur âme, en lui déniant son lien privilégié avec le divin. Se substituant aux dieux, ils se voient à l'égal d'astres ou d'étoiles, et s'arrogent ainsi en toute impunité le pouvoir de perpétrer l'agonie du monde.

» En se laissant posséder par son désir de puissance, l'humain a considérablement altéré sa conscience du bien et du mal, du bon et du mauvais. Aussi, a-t-il besoin de plus en plus de lois, règlements, principes qu'il instaure avec une conscience malheureusement trop faible et parcellaire. Abusé par ses insuffisances, il estime souvent que le mal est bien et le bien mal, devenant ainsi son propre esclave et son propre bourreau.

» Par son acharnement à se dépasser, son mépris de ses limites humaines, l'humain cesse d'être humain et sombre dans une obscurité permanente, au risque de ruiner définitivement toute vie.

» Pour que la vie perdure, Prométhée, il faut renoncer résolument à la tentation et à l'illusion d'être plus puissant que la vie. Telle est la plus grande des culpabilités !

» Voilà pourquoi, termina-t-il, votre propre culpabilité est infondée.

– La plus grande des culpabilités... répéta Prométhée dans un murmure inspiré.

– Oui, reprit Philémon avec détermination. Celle qui consiste à nier l'incompatibilité entre la connaissance et la vérité d'une part, et la puissance et le pouvoir de l'autre. Dès qu'il y a un infime désir de puissance et de pouvoir, la connaissance et la vérité ne peuvent se manifester.

» Aussi, Prométhée, si vous partez en quête de votre vérité, extirpez de vous toute forme de pouvoir, quelle qu'elle soit. Le pouvoir sur les autres et le monde. Le pouvoir de la force physique, le pouvoir de la pensée, le pouvoir du sentiment. Et le pouvoir sur soi-même, sur sa sensibilité et ses émotions...

– Je comprends... souffla Prométhée. Je m'étais égaré dans le dédale de ma souffrance, de ma culpabilité. Je me jugeais seul coupable, seul responsable du monde tel qu'il est. Je me croyais tout-puissant !

– Oui, reconnut Philémon, impassible.

Il alluma sa pipe et son regard se perdit dans les volutes de la fumée qui flottaient au-dessus de la table.

– Qu'allez-vous faire à présent, Prométhée ? lui demanda Baucis qui avait déposé au centre de la table un vase ancien regorgeant de fleurs aux parfums subtils.

– Je vais tenter de retrouver la femme dont j'ai rêvé. Je crois qu'elle détient une certaine connaissance, une part de vérité. Mais j'ignore où elle se trouve.

– Oui, approuva Baucis avec un sourire rayonnant. Vos amis vous y aideront. Il me semble qu'elle vit dans un monde féminin. Vous devez le découvrir.

» Comment s'appelle-t-elle ? lui demanda-t-elle encore.

– Pandore.

CINQUIÈME PARTIE

L'ANTIDOTE

Chapitre XXXIII

Prométhée avait retrouvé Pandore avec l'aide de ses amis : elle vivait sur une île isolée que l'on appelait familièrement « l'île des femmes ». Petite et modeste, celle-ci ne tolérait aucun transport à moteur. Cependant, elle était réputée pour sa surprenante inventivité. L'une de ses habitantes y avait créé une école novatrice, où l'on enseignait l'art des plantes, et qui attirait des étudiants et thérapeutes du monde entier.

Baucis, cette femme clairvoyante et épanouie comme un arbre ancestral, avait éclairé Prométhée sur la portée et le sens de ce rêve où Pandore lui était apparue en figure salvatrice.

Malgré tout, il ne parvenait pas à se représenter cette dernière au sein d'une communauté, s'adonnant à l'étude des plantes. Cela lui paraissait saugrenu. Il avait conservé d'elle le souvenir d'une femme réservée et solitaire, différente des autres, au charme étrange. Ne se mêlant jamais à ses semblables, ne se liant pas avec les proches d'Épiméthée.

Pour lors, il faisait escale sur une île, à mi-chemin de celle où vivait Pandore.

La ville la plus importante était nichée à flanc de colline. Parcourue de ruelles étroites, d'habitations accolées les unes aux autres, leurs portes ouvertes sur l'extérieur, elle était animée et commerçante, fourmillant d'échoppes et de cafés dont les terrasses se déployaient sur de petites places.

Prométhée considérait tout avec intérêt et curiosité. Les humains affairés et rieurs, leur manière de s'interpeller avec exubérance, de se serrer la main avec fougue. Leur langue expressive, qu'il avait perfectionnée durant son séjour au monastère. Un peuple dont il ignorait tout et découvrait la singularité.

Ses habitants lui paraissaient à la fois actifs, alertes, expansifs, et sereins, paisibles, flegmatiques. Une conjonction qui en faisait tout l'attrait, et répondait à toute humeur, attente ou désir, que l'on fût mélancolique et absorbé ou enclin à s'engager dans une conversation impétueuse. Tout était possible, rien n'était convenu. L'on pouvait, à chaque instant, s'arrêter et s'associer à leur enthousiasme, ou poursuivre sa route en solitaire, sans subir de regard désapprobateur ou suspicieux.

Serait-ce un pays d'élection pour Prométhée ? Une terre où il pût mener une vie en concordance avec l'homme qu'il était désormais ? Il se sentait à l'aise dans cette ville vivante, environnée de beautés naturelles, peuplée d'êtres variés qui ne se préoccupaient pas de paraître, mais vivaient à leur gré.

Autrefois, Prométhée n'eût pas perçu le charme d'un tel lieu et de ses habitants. Mais sa souffrance, son désenchantement, et sa sensibilité affinée l'avaient rendu plus prompt à cerner les humains, quels qu'ils fussent, à les observer, les écouter, se lier avec eux.

Le chercheur de génie qu'il croyait être alors, désigné par les dieux pour perfectionner la civilisation, lui était devenu étranger. Il se sentait profondément soulagé. Délivré même. Les yeux brillants, un léger sourire flottait en permanence sur ses lèvres.

Une chose cependant lui était restée : sa beauté, sa silhouette déliée, son élégance naturelle. Il n'était pas rare que des passants se retournent sur son passage, le suivant de regards étonnés.

Parvenu au sommet de la colline, il surprit une ancienne église juchée sur une place. Un vieil arbre au tronc épais en dissimulait l'entrée. Autour, somnolant sur des bancs, des hommes âgés échangeaient quelques mots en fumant avec nonchalance.

Derrière l'église, un chemin se déroulait en pente douce le long du versant, bordé de résidences, d'où l'on distinguait les collines voisines regorgeant de villages et de hameaux.

Prométhée atteignit la dernière demeure. Une pancarte fixée sur une barrière en annonçait la vente. Son jardin étendu se perdait plus loin dans les prés sauvages sillonnés de bosquets. Il contenait un petit lac, des massifs de plantes, un sous-bois touffu livré à la nature. Quoique hétéroclite, l'ensemble était harmonieux. À l'arrière, un vaste terre-plein donnait sur un bois d'oliviers. Au-delà, un sentier sinueux et une rivière fuyaient vers la vallée.

Des visiteurs évaluaient et appréciaient l'habitation. Prométhée y pénétra à leur suite. Elle était spacieuse, son décor somptueusement désuet. Des tapis recouvraient les carrelages, des œuvres d'art rehaussaient le moindre recoin : peintures, sculptures, vases, objets divers...

Prométhée s'informa auprès de l'homme qui s'occupait de la vente, de la vie sur l'île, des possibilités de se rendre sur le continent et d'autres îles. Il apprit qu'il y avait un constructeur de bateaux et plusieurs ports d'où l'on pouvait naviguer vers toutes les destinations.

Accoutumé à réfléchir longuement avant d'agir, à envisager et à prévoir les effets du moindre de ses gestes, Prométhée décida soudainement d'acquérir la maison. Tous les protagonistes, dont un vieux notaire, étant sur place, il lui fut facile de les convaincre.

Pour la première fois de sa vie, il n'éprouvait aucun doute. Il était convaincu d'agir à bon escient, et de ne pas revenir sur sa décision, dût-il ne jamais occuper cette demeure et l'abandonner à ses amis.

Chapitre XXXIV

Le voilier avançait rapidement, bondissant avec souplesse d'une vague à l'autre. À l'arrière, le pilote maniait le gouvernail avec assurance, ses yeux scrutant fréquemment le ciel.

Prométhée contemplait les vagues crénelées d'écume, percevant leur clapotis contre la coque mêlé au cri perçant des mouettes. Il ressentait un vague malaise. L'eau lui avait toujours inspiré une méfiance indéfinie. Même quand elle était lisse et paisible, ses remous et courants intérieurs pouvaient se réveiller à chaque instant.

Il clignait des yeux. Dans la lumière aveuglante, la frontière entre la mer et le ciel s'estompait. Soudain somnolent, il s'assit sur une chaise longue installée sur le pont. Las, ses yeux se fermèrent malgré lui. Il finit par s'endormir profondément.

Brusquement, il fut tiré de son sommeil. Le pilote le secouait avec vigueur, en criant.

– Réveillez-vous ! Levez-vous ! J'ai besoin de votre aide ! Un orage s'est levé !

– Oui, bien sûr... balbutia Prométhée, faisant un effort pour se lever.

Le voilier tanguait vivement. Il s'agrippa à la rampe pour ne pas tomber. Le vent s'engouffrait dans la voile tendue à l'extrême. Prométhée fit quelques pas en titubant, à la suite du marin qui se précipitait vers la barre qu'il avait bloquée.

En quelques instants, le ciel s'était assombri, strié çà et là d'éclairs. Le fracas du tonnerre s'amplifiait. La voile à demi lacérée retombait, le voilier s'inclinait de plus en plus, presque allongé dans le creux des vagues. Il pleuvait si fort que l'on n'y voyait quasiment plus.

Cramponné au gouvernail, le marin manœuvrait de toutes ses forces, battu par le vent et la pluie.

– Nous ne sommes pas loin de l'île ! hurla-t-il, désignant à Prométhée une forme sombre et floue qui émergeait de l'eau. Je vais essayer de mettre le moteur de secours en marche, mais il faut que vous teniez la barre.

Prométhée parvint à ramper vers l'arrière, le visage douloureux à force d'être flagellé par la pluie. Alors qu'il étendait le bras pour se saisir de la barre, une rafale de vent le projeta contre la rambarde. Une lame plus violente que les autres le heurta. Secoué, il tomba à la mer.

Il se mit à nager entre les vagues qui s'enroulaient autour de lui. Suffoquant, il ne parvenait pas à reprendre son souffle, ingurgitant des gorgées d'eau salée qui lui donnait la nausée. Une crampe paralysait un de ses bras. Grelottant de froid et d'épuisement, il fut submergé brutalement par une haute vague qui l'engloutit.

Chapitre XXXV

Almathia, Pandore et Cassandre traversaient hâtivement le village. Elles avaient aperçu le voilier en proie à la tempête, et le pilote qui se liait au mât. Précédées par les habitants, elles se précipitaient vers la plage, munies de leur boîte à soins.

Une barque s'approchait du voilier qui était à présent couché sur son flanc. Deux hommes se hissèrent laborieusement à bord, parvinrent à détacher le marin et à le transporter dans leur embarcation. Refoulé par le vent, le voilier vint s'échouer sur un rocher.

Les trois femmes marchaient sur la plage. Cassandre parlait à mi-voix.

– Je suis sûre, soutenait-elle, qu'il y avait un autre homme sur le voilier. Il est tombé à la mer. J'étais dehors, lorsque j'ai vu une forme humaine projetée par-dessus bord. Il est peut-être encore vivant, dépêchons-nous !

L'orage déjà s'éloignait, quelques rayons de soleil filtraient à travers les nuages et les dispersaient insensiblement. La lumière réchauffait doucement l'eau et la terre. Les trois femmes avançaient avec difficulté, s'enfonçant dans le sable trempé. Elles contournèrent l'île.

– Là ! s'écria Cassandre, désignant une forme humaine recroquevillée dans le sable. Il y a quelqu'un !

C'était un homme. Ses cheveux longs étaient poisseux, ses vêtements en loques. Elles se mirent à genoux et le retournèrent avec précaution. Il avait perdu connaissance. Il respirait avec peine. D'une plaie à sa tête s'écoulait un peu de sang. Il en avait une autre au bras.

Elles firent de grands signes aux habitants du village groupés près de l'embarcadère.

Des hommes s'approchèrent à la hâte et soulevèrent le blessé. Almathia les pria de le porter dans sa maison, pour qu'elle pût lui donner les premiers soins.

On l'installa sur un sofa, dans le salon. Lorsque les villageois lui eurent retiré ses guenilles trempées et furent repartis, Almathia prépara une décoction de plantes pour le ranimer. Cassandre nettoyait ses plaies, les désinfectait et y appliquait un baume apaisant. Pandore le frictionnait et l'enveloppait de serviettes brûlantes.

Elle ne prêtait pas la moindre attention à ses traits. Aussi, ne reconnut-elle pas le naufragé dont le visage blême était sans expression.

Les trois femmes se relayaient à son chevet. Almathia avait réussi à lui faire avaler quelques gorgées de sa décoction. Par intermittences, il tentait d'émerger de sa léthargie, murmurant quelques mots indistincts, remuant ses mains encore engourdies. Puis il sombrait à nouveau.

Quelques jours après, assise à une table du salon, Pandore triait des plantes, les mettant dans des récipients divers et en mélangeant certaines dans un bol. Plongée dans ses rêveries, elle fredonnait imperceptiblement.

Elle avait oublié l'homme blessé qui gisait sur le sofa. La tête penchée, ses longs cheveux bruns tombant sur son visage paisible, ses belles mains maniaient les plantes avec légèreté.

L'homme avait ouvert les yeux et la fixait.

– Pandore... murmura-t-il d'une voix éteinte. Est-ce possible ?

– Ne parlez pas ! lui intima Pandore machinalement en entendant le son de sa voix. Vous avez eu un accident, vous avez failli vous noyer, lui expliqua-t-elle en se tournant à demi vers lui, vous êtes encore très faible. Ne faites pas d'effort inutile.

– C'est vous... c'est vous... qui m'avez sauvé ? bredouilla-t-il.

– Oui, répondit-elle en se levant. Nous vous avons trouvé sur la plage, sans connaissance. Les villageois vous ont transporté ici, dans cette maison où je vis avec deux amies, Almathia et Cassandre. Almathia est une grande guérisseuse. Elle vous a soigné. Vous êtes resté quelque temps sans conscience. Vous n'avez que deux blessures superficielles, à la tête et au bras. Vous vous remettrez rapidement.

– Je vous remercie, Pandore... articula Prométhée.

– Comment connaissez-vous mon nom ? demanda-t-elle, étonnée.

– Je vous connais... hésita-t-il. Nous nous sommes rencontrés, il y a plusieurs années, dans mon pays.

Debout face à lui, Pandore le considérait avec acuité, détaillant les traits de son visage, ses cheveux, ses mains. Petit à petit, une figure, une expression, une silhouette se dégageaient avec netteté, réveillant le souvenir d'un homme.

– Prométhée ? fit-elle, perplexe. Prométhée ? C'est impossible ! Prométhée était magnifique, élégant, fier. Il se croyait le maître du monde. Que ferait-il ici, dans cet état lamentable ?

– Et pourtant, c'est bien moi, Pandore... souffla Prométhée. Je suis le frère d'Épiméthée dont vous étiez la compagne. Vous travailliez dans mon laboratoire. Vous avez disparu un soir en laissant une lettre à Épiméthée. Je l'ai lue.

Il lui répéta alors mot à mot le contenu de la lettre qu'elle avait laissée dans sa chambre. Elle l'écouta en silence, atterrée.

– Je suis venu vous annoncer une triste nouvelle, Pandore, poursuivit Prométhée avec effort. Vous l'ignorez sans doute, mais Épiméthée est mort. Je vous ai fait rechercher pour vous l'apprendre, et aussi parce que... Il s'interrompit.

– Épiméthée, mort ? s'écria-t-elle vivement. Lui toujours en bonne santé ? De quoi est-il mort ?

– D'avoir absorbé mon élixir une seconde fois... réussit à dire Prométhée d'une voix défaite. Il avait terriblement changé. Tous les hommes qui ont bu l'élixir ont changé. Le monde lui-même a changé très rapidement. N'en avez-vous pas entendu parler ?

– Non ! répliqua Pandore avec humeur. Je vis sur cette île isolée depuis mon départ. Nous ne sommes pas très informés de ce qui se passe dans le monde. Nous vivons ici librement, à notre guise. Nul d'entre nous n'a bu votre élixir, ce breuvage miraculeux qui devait sauver le monde, le mener à la perfection, ainsi que vous ne cessiez de le répéter ! acheva-t-elle d'un ton mordant. Néanmoins, je suis attristée par la mort de votre frère.

– Et pourtant, vous l'avez abandonné ! lui décocha Prométhée, une lueur accusatrice au fond des yeux.

– Non ! contesta Pandore avec impétuosité. C'est lui qui m'avait abandonnée ! Et vous le savez parfaitement ! Vous l'avez vous-même éloigné de moi ! D'ailleurs, qu'importe à présent ! Nous ne nous aimions pas. Le destin nous avait réunis pour nous apporter un réconfort mutuel, être des amis. Cela aussi, vous l'avez détruit ! Mais le destin a pris sa revanche en se servant de moi pour...

Elle n'acheva pas sa phrase. Haussant les épaules, elle se détourna, rassembla les plantes et les bocaux éparpillés sur la table, les prit et quitta la pièce sans un mot.

Prométhée la regarda sortir, désarçonné. La femme dont il avait rêvé et parlé avec Baucis, qu'il espérait retrouver avec une certaine joie, ne ressemblait en rien à celle avec laquelle il venait de s'entretenir : la nouvelle Pandore était pleine d'assurance, récalcitrante, combative.

Chapitre XXXVI

Les jours suivants, Pandore évita sciemment Prométhée.

C'étaient Almathia et Cassandre qui prenaient soin de lui. Il estimait les deux femmes : Almathia pour sa maturité et son intelligence, Cassandre pour sa sensibilité et son intuition.

Il ne leur avait encore rien révélé des raisons de sa présence sur le voilier naufragé. Le marin qui le pilotait était reparti rapidement.

Il doutait des raisons qui l'avaient conduit sur cette île : revoir Pandore, lui parler, se confier à elle. Ces attentes étaient sans aucun doute vaines et superflues. Il décelait en elle une irréductible animosité à son égard. De toute évidence, elle était résolue à l'esquiver.

Aussi, lui paraissait-il peu vraisemblable que son attitude à son égard se modifiât, qu'elle lui permît de l'approcher, voire qu'elle s'ouvrît à lui. Quant à évoquer leur vie passée, cela était encore plus aléatoire.

Ne valait-il pas mieux quitter ce lieu sitôt qu'il serait rétabli ? Repartir en silence, la laisser poursuivre sa vie, ne plus en troubler la tranquillité ?

Pour Pandore, il serait toujours le chercheur orgueilleux et implacable qui dirigeait le laboratoire où elle avait travaillé et souffert.

Il fut bientôt assez solide pour se lever et faire quelques pas. Chaque matin, il se rendait au fond du jardin où il passait quelques heures, absorbé dans une profonde méditation.

Un jour, il aperçut Pandore sortir de la maison. D'un pas incertain, elle traversa le jardin, se dirigeant vers lui. Il lui jeta un regard surpris. Après s'être assise sur un banc face à lui, elle resta silencieuse un long moment, fixant le ruisseau qui giclait sur les herbes. Enfin, elle engagea la conversation avec réticence.

– Prométhée, je souhaiterais vous parler, dit-elle froidement.

– Volontiers, Pandore, je vous écoute.

– Si je vous ai évité ces derniers jours, commença-t-elle, c'est que je me suis sentie trop désorientée pour pouvoir vous parler.

» Autrefois, poursuivit-elle, dans votre laboratoire, vous ne me prêtiez pas la moindre attention. Je n'existais pas pour vous. Aussi, pourquoi vous êtes-vous donné tant de peine pour me faire rechercher, et venir vous-même m'annoncer la triste nouvelle de la mort d'Épiméthée ? Des années ont passé. Si je suis restée auprès d'Épiméthée, c'est parce que... Elle s'interrompit.

– ... parce que ? insista Prométhée.

– Je ne sais comment vous l'expliquer, fit Pandore, soudain agitée. J'étais en proie à un profond désarroi. Je n'étais pas à ma place dans votre pays, votre laboratoire, votre maison. Et je ne savais pas où était ma place. J'ai donc patienté jusqu'à ce que... Elle s'interrompit à nouveau, dévisageant le jardin dans un silence tendu.

» Ce que je veux vous dire, reprit-elle à l'issue d'un moment interminable, est difficile à dire. Vous me jugerez peut-être avec dureté. Le grand scientifique, le brillant chercheur que vous étiez le ferait certainement. Cependant, tel que vous m'apparaissez aujourd'hui, il me reste un infime espoir d'être comprise.

– Je vous en prie, Pandore, l'encouragea Prométhée avec bienveillance. J'ai changé depuis votre départ. La mort de mon frère, les ravages causés par mon élixir, la découverte du monde tel qu'il est... Tout cela m'a marqué profondément et durablement. Aussi, ai-je tout quitté. J'ai de nouveaux amis, moi qui étais toujours seul ! Les quatre frères que vous avez croisés autrefois, Amalthée, Althée, Aris et Cypras.

» Je les ai retrouvés dans votre magnifique pays où j'ai séjourné quelque temps dans un monastère. Je viens de les informer de mon naufrage. Cypras a décidé de me rejoindre. Je ne veux pas vous importuner davantage, vous et vos amies. Nous allons trouver un autre logement pour quelque temps, Cypras et moi. Almathia m'a informé qu'il y avait une maison inoccupée dans le village. Je souhaiterais encore demeurer quelque temps ici.

Pandore était abasourdie. Elle ne reconnaissait pas en l'homme qui lui parlait le scientifique fier et hautain qui l'avait ignorée et dédaignée durant des années.

— Demeurez ici tant qu'il vous plaira, lui répondit-elle. Mais je ne vous ai pas encore dit l'essentiel. Je crains toujours que vous ne me fustigiez.

— Ne craignez rien, Pandore, la rassura Prométhée en lui souriant pour la première fois. Ne craignez plus jamais rien de moi !

Soudain, Pandore reconnut l'homme qu'elle guettait autrefois. Celui qu'elle imaginait, sous le fatras sophistiqué qui dissimulait sa vraie nature. Celui dont elle pressentait l'âme dans l'expression du visage, les yeux d'un bleu profond, la noblesse des mains, l'élégance du moindre des gestes.

Elle reconnut l'homme qui la fascinait, qu'elle suivait des yeux, lorsqu'il parcourait son îlot au crépuscule, abîmé dans ses pensées, solitaire.

Elle comprit aussi l'homme que les désillusions et la souffrance avaient brisé, le rendant plus vrai, intègre, indulgent, plus proche des humains.

— Prométhée, reprit-elle d'une voix plus assurée, le soir de mon départ, j'ai fait une chose pour détruire, ou du moins gâter votre élixir...

— Vous, Pandore ?

— Oui, moi. Ce soir-là, vous vous étiez absenté de votre cube dont je connaissais l'existence. J'avais réussi à faire parler Épiméthée et à lui subtiliser la clé qui permettait d'y pénétrer. Alors, je suis allée dans la petite pièce où vous conserviez l'élixir. Et j'ai intégré dans toutes les fioles une substance...

— Une substance ? l'interrogea Prométhée avec stupéfaction. Quelle substance ?

— Une substance que mon père avait élaborée. Par malheur, il est mort avant d'avoir eu le temps de m'en préciser les effets. Tout ce que je sais est qu'elle contient une infime quantité d'argent liquéfié. Il m'en reste une demi-fiole. Je puis vous la montrer.

— C'est donc cela que vous dissimuliez dans votre mystérieux coffret ! s'exclama Prométhée. Et c'est cela qui aurait provoqué tous ces ravages ? C'est incroyable ! Mais pourquoi, Pandore ? Pourquoi avoir commis cet acte avant de vous enfuir ?

— Cela est encore plus difficile à expliquer, Prométhée, murmura-t-elle, émue. Mon acte est en lien avec vous.

— Avec moi ? Je ne comprends pas.

— Moi non plus, je ne comprenais pas alors ce qui se passait en moi. D'une part, je ne pouvais m'empêcher de vous prêter attention, de vous suivre du regard, de vous observer. D'autre part, je vous trouvais odieux, méprisant, injuste, surtout à l'égard des femmes, en les rejetant, les niant, les haïssant même ! J'en étais profondément blessée ! Vous comprenez, j'étais l'une de ces femmes que vous jugiez indignes de votre élixir ! Aussi, l'ai-je corrompu...

» Je suis coupable, Prométhée ! s'exclama-t-elle brusquement. J'en ai conscience. Surtout après ce que vous m'avez annoncé. La mort d'Épiméthée, la situation dans le monde...

Pandore enfouit son visage dans ses mains. Des larmes coulaient le long de ses joues.

– Cessez de pleurer, Pandore, lui enjoignit Prométhée d'un ton ferme mais bienveillant. Vous n'êtes pas coupable.

» Vous m'avez exposé les raisons de votre acte et je les comprends. À votre place, j'aurais agi de même. En dépit de ce que vous avez fait, de ce que j'ai fait, les humains en seraient irrémédiablement arrivés à ce stade. Nous avons tous deux notre part de responsabilité, mais nous ne sommes pas coupables de la folie qui déferle actuellement sur le monde.

» Je comprends également que ce soit une femme qui ait commis cet acte. J'ai appris à connaître les femmes grâce à l'une d'elles qui vit dans le monastère où j'ai séjourné. Nous nous entretenions souvent ensemble. Elle se nomme Baucis. Quoique âgée, elle est vive et spontanée, profondément intuitive et consciente. Grâce à elle, j'ai décelé pourquoi je tenais les femmes éloignées de moi, de ma vie et de mon élixir !

– Vous, Prométhée, parler ainsi ? s'exclama Pandore, interdite. Comme vous avez changé ! Et vous ne m'en voulez pas de ce que j'ai fait ?

– Non, l'assura Prométhée avec un regard compréhensif. Mon élixir ne pouvait agir sur l'homme ainsi que je l'avais désiré, rêvé, imaginé. L'humanité était irrémédiablement condamnée à la métamorphose qu'elle est en train de subir.

» Pandore, reprit-il après un instant de silence, accepteriez-vous de me parler de ce qui s'est passé en vous alors ? J'aimerais comprendre mieux... Moi-même, je suis encore si désemparé.

– Vous, Prométhée, vous êtes désemparé ? Vous qui maîtrisiez tout, prévoyiez tout, étiez maître de votre destinée ?

– J'ignore si l'homme dont vous parlez a jamais existé, Pandore, répondit-il en souriant. J'en doute. Quoiqu'il en soit, il a totalement disparu.

CHAPITRE XXXVII

Les amis de Prométhée arrivèrent l'un après l'autre sur l'île. Cypras le premier, qui décida d'y demeurer quelque temps, puis Aris, Amalthée et Althée. Prométhée et Cypras s'installèrent dans la maison inoccupée du village.

Cypras était très sollicité en tant que musicien. Les bergers, tous joueurs de flûte, lui rendaient visite, l'invitant à jouer avec eux. Le soir, le village retentissait des sons conjugués de leurs instruments et de leurs voix fortes. Peu à peu, d'autres instruments se joignirent à leurs flûtes. Leur orchestre improvisé se produisait sur la place du village, où les habitants et les visiteurs s'attardaient, toujours plus nombreux.

À son arrivée, Aris visita la petite église et décida lui aussi de demeurer quelque temps pour en restaurer les fresques anciennes, et en peindre de nouvelles. Amalthée et Althée allaient et venaient, naviguant régulièrement du continent à l'île.

Pandore avait remis à Prométhée la fiole contenant la substance de son père. Il se résolut à la mêler à son élixir, puis à analyser le mélange obtenu. Amalthée l'assista dans l'aménagement d'un laboratoire de fortune dans sa maison, lequel fut rapidement pourvu de tout le nécessaire.

Pandore continuait de se consacrer à l'exploration des plantes, assistant Almathia dans son école. Elle élaborait à présent ses propres décoctions, infusions, bouillons à l'usage des habitants de l'île, qui la consultaient de plus en plus fréquemment.

Depuis qu'elle avait révélé à Prométhée les raisons de son acte, Pandore n'avait pas le courage de l'approcher et de lui parler. En dépit de la compréhension dont il avait fait preuve à son égard, elle demeurait encore incertaine et inquiète, et ne pouvait s'empêcher de revoir en lui le scientifique altier, l'adversaire de toujours, l'ennemi qui l'avait tant blessée.

Aussi, lorsqu'elle l'apercevait sur la place du village, partageant un repas avec quelque habitant, les bergers ou ses amis présents sur l'île, se hâtait-elle de s'éloigner discrètement.

Certains soirs, l'un ou l'autre des frères la hélait joyeusement et l'invitait à les rejoindre. Confuse, elle s'installait à leur table et échangeait quelques mots avec eux. Mais elle évitait systématiquement le regard de Prométhée, bien que ce dernier la fixât avec une attention soutenue.

Ce n'était qu'en présence de Cassandre que Pandore retrouvait un peu d'assurance. Il se dégageait de la grâce de la jeune femme, de sa délicatesse, de son exquise finesse, une promesse d'alliance généreuse, d'amitié indéfectible

Lorsque la tristesse voilait son visage, Cypras prenait aussitôt sa flûte et entamait un air avec ardeur. C'était pour elle qu'il jouait. Pandore le percevait. Alors, la tristesse s'évanouissait des yeux de Cassandre qui s'illuminaient et dont l'éclat se propageait à tous.

À ces instants, Pandore osait se tourner vers Prométhée. Simple et naturel, il parlait de tout avec détachement et désinvolture. Elle se demandait alors en vertu de quel sortilège un tel changement avait pu se produire chez un homme qui lui avait été si odieux et qu'elle s'était tant acharnée à combattre.

Elle en arrivait même à ne plus éprouver de ressentiment à son encontre. Au contraire, un nouvel élan vibrait en elle, vaguement inquiétant.

Un soir, seul avec Amalthée, Prométhée pria Pandore de se joindre à eux. La place du village était animée. Une foule s'y pressait. À l'écart, Cypras et Cassandre flânaient en échangeant discrètement quelques paroles.

Pandore s'assit en face de Prométhée, saluant Amalthée pour qui elle ressentait une franche sympathie, de même que pour ses frères.

– Pandore, lui dit Prométhée avec une courtoisie inattendue. J'ai analysé à plusieurs reprises la substance de votre père que vous m'avez confiée. Je l'ai également mêlée à mon élixir...

– Qu'as-tu découvert ? l'interrompit Amalthée avec enthousiasme. Je suis impatient de l'apprendre !

– Pandore, déclara Prométhée gravement, le breuvage de votre père est une substance prodigieuse. Vous l'avez mêlé imprudemment à mon élixir pour corrompre celui-ci. En réalité, il ne l'a pas corrompu, ni même altéré. Ce n'est pas votre acte qui est à l'origine de la transformation des hommes qui ont absorbé mon élixir. Je viens à peine de le découvrir.

» Amalthée, acheva-t-il, se tournant vers son ami, j'ai commis une erreur grossière, inconcevable !

– Que dis-tu ? s'écria Amalthée.

– C'est une évidence, répondit Prométhée calmement. Regarde-toi, Amalthée, regarde tes frères ! Vous avez bu l'élixir une première fois et, avec sagesse, n'avez pas désiré en reprendre. Et l'élixir ne vous a pas transformés. Mais, après une première absorption, vous avez cru qu'il vous avait transformés. C'est cette foi qui a réveillé le meilleur de vous, qui était en germe en vous et n'a fait que croître naturellement, comme croît tout ce qui est vivant. L'élixir, mon fameux élixir de feu, n'était qu'un vulgaire leurre !

– Mais dans ce cas, bredouilla Amalthée, troublé, comment expliquer la transformation grotesque des hommes qui en ont bu une seconde fois ? Et celle d'Épiméthée ?

– Ils se sont transformés tout aussi naturellement, car ils se sont crus à tort tout-puissants et maîtres du monde ! Comme je l'ai cru moi-même !

– Je ne comprends toujours pas, Prométhée ! s'exclama Amalthée avec inquiétude.

– Moi non plus ! enchérit Pandore, désemparée.

– C'est simple pourtant. Je me suis trompé et j'ai trompé le monde entier ! L'esprit ne peut croître que naturellement, comme la civilisation. La civilisation est la prédisposition humaine à s'entraider, de toutes les manières possibles, dans le but de croître les uns avec les autres, et non d'agir les uns contre les autres. Il n'y a pas d'élus, de dominants, de tout-puissants. De même que les hommes ne sont pas supérieurs aux femmes. Si le monde doit progresser, tous les humains, femmes et hommes, faibles et forts, pauvres et riches, progresseront ensemble. S'il doit périr, tous périront.

» Comprenez-vous enfin ? Mon élixir de feu n'était que du vent !

» Le véritable élixir ne peut jaillir que de l'esprit divin ! Certainement pas du mien ! Aucun humain ne peut prétendre maîtriser la destinée de l'humanité. Aucune pensée, aucune idée, aucune découverte, aussi remarquable soit-elle ! Rien ni personne ! Nous sommes les créatures des dieux !

– Mais... Qu'en est-il de la substance de mon père ? demanda Pandore, interloquée. Qu'avez-vous trouvé en l'analysant ?

– Quelque chose d'extraordinaire, Pandore ! C'est comme si votre père avait eu l'intuition de ce qui allait survenir après sa mort. Votre départ, votre arrivée dans mon pays avec ce trésor qu'il vous a transmis, la propagation de mon élixir, la métamorphose des hommes...

– Je ne comprends toujours pas... murmura Pandore.

– Moi non plus ! dit Amalthée.

– Le breuvage de votre père n'est rien moins qu'un antidote !

– Un antidote ? s'écrièrent Amalthée et Pandore.

– Oui ! Un antidote qui, mêlé à mon élixir, a été altéré. Mais qui, absorbé seul, possède la capacité fabuleuse de libérer les hommes de leur aspect monstrueux et de la prééminence de leur cerveau.

– Les « cerveaux-nains » pourraient ainsi redevenir ou devenir humains ? l'interrogea Amalthée fiévreusement.

– Je ne puis en fournir la preuve infaillible, n'ayant pas fait l'expérience sur un être humain. Mais, j'en suis convaincu.

– Un antidote, un antidote... répéta Pandore dans une sorte d'euphorie.

– Oui, Pandore, lui dit Prométhée avec douceur. Votre père était un homme hors du commun. Il ne vous a pas seulement transmis ce breuvage et le coffret que vous détenez, mais d'autres facultés remarquables que j'admire et que j'aime en vous.

Pandore le fixait, sidérée. Une chose incroyable, inouïe, était en train de se produire. Prométhée la reconnaissait. Et, en la reconnaissant, il reconnaissait toutes les femmes, ainsi que le féminin. De même qu'en cet homme, autrefois si arrogant et dédaigneux, c'étaient tous les hommes qu'elle découvrait avec un frisson.

Elle leva vers lui un regard ébloui. Il le capta et en fut profondément touché. Le regard de Pandore exprimait une infinie gratitude, la délivrance de l'ignominieux regard des hommes sur les femmes depuis des temps immémoriaux. Comme si en elle, toutes les femmes étaient libérées de leur fardeau inique, de leur blessure inextinguible, et recouvraient l'espoir d'étancher leur soif de plénitude.

– Pandore, la supplia Prométhée, ne me regardez pas ainsi, je vous en prie ! J'ai le sentiment d'avoir décroché la lune et de vous l'avoir offerte ! Ce n'est pas le cas ! Je vous ai tant ignorée autrefois, obnubilé par mon ambition, par le dépassement de moi, comme si l'on pouvait se dépasser sans se perdre et sans être dépossédé de soi ! J'ai fait preuve d'une telle aberrante injustice, d'un tel aveuglement ! Pourrez-vous jamais l'effacer ?

– Oui, répondit-elle avec un sourire rayonnant, je viens de l'oublier ! Tout est effacé en moi. Je crois que je suis délivrée, Prométhée, enfin...

La regardant, Prométhée se rappelait Baucis, cette femme noble, cette mère universelle qui lui avait dévoilé la nature féminine, ses richesses secrètes, ses merveilles inattendues, ses mystérieux enchantements.

– Dites ! les interpella Amalthée qui ne parvenait plus à suivre la conversation. Dites, tous les deux, que vous arrive-t-il ? Que se passe-t-il ?

– Rien, mon ami, rien ! répliqua Prométhée en éclatant de rire.

Son rire était si prodigieux, si réjouissant, si attirant que Pandore se mit à rire également. Amalthée, qui n'avait jamais vu Prométhée dans un tel état, le regardait avec méfiance, les sourcils froncés.

– Rien ? tonna-t-il. Vraiment ? Il se passe ici quelque chose qui m'échappe !

Sa réflexion fit s'esclaffer Prométhée et Pandore de plus belle.

– En effet, balbutia Prométhée, suffoquant à demi, cela t'échappe totalement ! Mais ce n'est pas grave, je te rassure.

– Pas grave ? Tu ris comme jamais encore, alors que la situation nécessite réflexion et est grave !

– Dis-moi en quoi elle est si grave ! Je la trouve, pour ma part, plutôt fascinante...

– Prométhée, si antidote il y a, il faut le révéler aux humains, déclara Amalthée. Et le plus rapidement possible ! Tu n'ignores pas quelle tragédie affecte le monde. C'est d'ailleurs pour cela que tu l'as quitté.

– Tu as raison, répondit Prométhée. Je l'ai fui par impuissance à y remédier, cela m'était devenu intolérable. Et j'ai bien fait, n'est-ce pas ? J'ai appris à rire !

– Assurément, cher ami ! riposta Amalthée, amusé malgré lui. C'est une chose importante ! Mais je reviens à cet antidote, Prométhée. Il faut vraiment le soumettre aux humains.

– Hélas... soupira Prométhée, soudain assombri. C'est bien cela qui m'importune. Moi qui ai fui, rejeté de tous, tu m'imagines réapparaître avec un nouveau breuvage et le présenter comme un antidote, alors qu'ils sont tous asservis, y compris ceux qui n'ont pas bu mon élixir ? Personne ne m'écouterait ! Il faudrait une voix céleste pour les convaincre de changer, de renoncer à leur toute-puissance, à leur titanesque aveuglement qui les a fait régresser et devenir des « cerveaux-nains ». Rien moins qu'une voix divine !

– Prométhée, l'interrompit Pandore, je connais une voix qui pourrait être entendue. C'est une voix messagère des dieux sur terre. Même si elle l'ignore, je sais que cela est sa destinée.

– Quelle est cette voix ? s'exclama Prométhée. De qui parlez-vous, Pandore ?

– De Cassandre.

Chapitre XXXVIII

Pandore et Cassandre traversaient le village en silence. Prométhée les attendait dans son jardin, grave et pensif. Sitôt qu'il les aperçut, son visage s'éclaira, et il se leva pour les accueillir. Lorsqu'elles furent installées, Pandore s'adressa à Cassandre.

– Tu n'ignores pas ce qui se passe dans le monde, Cassandre. Cependant, il existe une solution. C'est pour cela que Prométhée désire te parler. Ainsi que je te l'ai dit, il a découvert dans la substance créée par mon père un antidote aux maux qui ravagent le monde.

» Je pense que cet antidote est à l'image d'un enfant nouveau-né. Or toi, ma sœur, tu es dotée de ce privilège qu'a l'enfance de se renouveler et de renaître en permanence à ce qui est neuf.

» Tu sais combien l'homme craint la femme et la nature, pourquoi il s'obstine à les dominer, les contraignant à une existence étouffante et limitée.

– Oui, reconnut Cassandre. L'homme est à présent totalement aveuglé par l'ombre qui l'emprisonne, cette ombre glauque, sinistre, mortelle... Et pour oublier le rôle qu'il a joué dans son propre aveuglement, il se convainc et convainc ses semblables que c'est cela la vraie vie, qu'il n'y en pas d'autre possible, que l'humanité doit suivre cette route, inexorablement.

» C'est cet aveuglement qui a fait émerger ce monde, rejetant dans les abîmes les créatures lumineuses, les âmes bienfaisantes, les esprits justes.

» Irréfléchis et insensés, les hommes croient en ce qu'ils appellent « progrès », même si celui-ci les mène à la paralysie de leur conscience et de leur croissance intérieure.

– Je vous remercie pour vos paroles si justes, Cassandre, lui dit Prométhée.

» En effet, les humains ont conquis le monde à partir du moment où ils ont cessé d'avoir foi dans les dieux. Ils ont alors détruit les dieux, leur déniant la prédilection d'être des figures de transcendance. Ainsi, ils ont perdu la notion même du divin et du sacré. Cela les a conduits à ruiner le monde qui a été généré par les dieux, et à remplacer totalement l'esprit par le cerveau.

» Moi le premier, j'ai désiré perfectionner le cerveau en excluant les autres dimensions de l'être. Alors, tout est devenu légitime, justifié par le pouvoir du cerveau. Les pires exactions et actions iniques.

– Et pourtant... intervint Pandore avec mélancolie, un univers magnifique était là pour accueillir les humains. Et ceux-ci en ont fait un enfer qui les dévore.

» Mais vous, Prométhée, vous ne pouvez plus y croire ! s'écria-t-elle avec ferveur. Vous êtes trop conscient à présent pour accepter ce monde arbitraire, où il faut dominer ou se laisser dominer, posséder ou être mis en cage, exploiter ou se soumettre !

– En effet, Pandore, j'ai cessé d'y croire. Mais je vous en prie, poursuivez...

– Le pouvoir que s'arrogent les humains n'existe pas au regard de la loi fondamentale de la vie. La nature, cette forme éternelle de la vie, trône bien au-dessus de ces créatures insignifiantes que sont les humains, au-delà de leurs cerveaux et de leurs machines artificielles, aussi extraordinaires soient-elles. Au fond, les « cerveaux-nains », comme vous les appelez, ne sont que des grains de sable qu'elle peut éparpiller à chaque instant de son souffle puissant. Le souffle de l'esprit créateur qui s'est incarné en elle.

– Pandore, vos paroles sont d'or... et d'argent ! approuva-t-il avec chaleur.

– Cassandre, demanda-t-il alors à cette dernière, voulez-vous m'aider, moi que les hommes aux cerveaux prééminents n'écouteraient plus. Acceptez-vous d'être la messagère de l'antidote. Acceptez-vous de leur en parler, pour qu'ils le prennent, se sauvent eux-mêmes, et sauvent l'humanité et le monde ?

– Oui, j'accepte, répondit Cassandre d'une voix faible mais déterminée. J'aime l'humanité, mais j'ai l'impression d'aimer davantage la nature qu'ils ont vouée à une impitoyable destruction et que j'aspire à protéger.

» Souvent, je m'interroge, poursuivit-elle, songeuse. La nature a-t-elle été créée par les dieux ? Peut-être... En raison de cette loi fondamentale de la vie dont parle Pandore, qui a rendu le monde harmonieux et intelligent, permettant à toutes les espèces de vivre dans un équilibre parfait.

» Mais un jour, les humains sont arrivés. Et depuis lors, il y a une lutte ininterrompue entre eux et la nature. Cette lutte s'est soldée par leur victoire, et les a conduits à abuser excessivement de leur captive.

» Oubliant qu'ils faisaient partie intégrante d'elle, ils ont exercé leur pouvoir sur cette grande dame jusques en ses entrailles, jusqu'au cœur même de la vie qui est ainsi devenu source de mort. Ils l'ont dépouillée, condamnée à se mettre à leur service, asservie à leurs désirs. Désireux de s'approprier son immortalité, ils l'ont désacralisée.

» Elle n'eut plus qu'une ressource : se rebeller ! D'abord par des signes minimes. Mais les humains ne les virent pas ou ne désirèrent pas les voir, trop soucieux de lui dérober ses fruits qu'ils croyaient inépuisables. Aussi, ne la virent-ils pas agoniser à petit feu.

» Vous-même, Prométhée, ne l'avez pas vu... acheva-t-elle avec tristesse.

– Non, je ne l'ai pas vu, Cassandre. Égaré dans le labyrinthe de mon propre cerveau, lequel s'est incarné dans le fol élixir que j'ai créé pour les hommes !

– Prométhée, protesta soudain Pandore avec éloquence, cessons de nous fustiger ! Cessons de tout regretter, de tout considérer avec amertume ! Cassandre a accepté d'être votre messagère. Elle, qui n'a jamais été aimée ni écoutée, a accepté de s'adresser aux plus éminents cerveaux de ce monde. Elle sera entendue, j'en fais le serment. Faites-lui confiance, Prométhée. Ayez foi en elle, en l'antidote et... en moi.

– Merci, murmura Prométhée, ému.

D'un geste imprévu, il prit la main de Pandore, la serra avec ardeur dans les siennes, puis la baisa.

Chapitre XXXIX

Cassandre évoquait Pandore, sa sœur, elle aussi maudite, niée, rejetée par les hommes.

Du bateau qui s'éloignait de l'île, elle l'avait contemplée sans fin. Debout sur l'embarcadère à côté de Prométhée, une lueur d'espoir au fond de ses yeux, elle était éclatante. Cassandre avait alors perçu ce que Pandore ignorait encore : elle aimait et était aimée pour la première fois.

À NC, au centre de la vaste esplanade qui entourait le palais présidentiel, Cassandre attendait. De toutes parts, des silhouettes tourbillonnaient et s'invectivaient dans un tumulte chaotique, la frôlant, la bousculant, heurtant ses bras et ses épaules. Certaines étaient étonnamment petites, aux têtes enflées : disproportionnées et boiteuses.

Perdue au cœur de cette multitude qui s'écoulait en flots effervescents et assourdissants, la frêle et délicate Cassandre n'avait de cesse de penser aux paroles de Prométhée. « Vous pouvez toucher ces humains dominateurs et orgueilleux, mais aveugles et ignorants, qui courent à leur perte. Au plus profond d'eux, ils désirent la mort, car ils ignorent la vie, ils ignorent comment vivre, pourquoi vivre. Ne l'oubliez pas, lorsque vous leur parlerez... ».

Les quatre frères l'avaient accompagnée dans ce pays étranger, où elle avait accepté de prendre la parole devant les puissants de ce monde.

Lorsqu'elle aperçut Cypras dans la foule, elle éprouva un soulagement profond. Il était son prédestiné, son bien-aimé secret. Elle osait à peine se l'avouer. Mais le mot parfois montait furtivement à ses lèvres comme une grâce, « Bien-aimé... ». Elle pressentait en Cypras une alliance rare de facultés : l'écoute, l'attention, la générosité, la sensibilité, le sentiment vrai et juste.

Le voyant s'approcher à grandes enjambées, elle comprit soudainement qu'elle n'était pas perdue. Elle pouvait renaître de ses cendres, vivre encore, grâce à cet « enchanteur des sons... », se dit-elle en remarquant son empressement à la rejoindre.

– Cassandre ! s'exclama-t-il en la prenant doucement par le bras, tu n'as pas attendu trop longtemps ?

– Non, lui répondit-elle, sous le charme de sa présence. Je suis si heureuse de te voir.

– Mes frères me suivent de près !

Ils étaient là, les fidèles amis de Prométhée, à la fois pleins d'exubérance et de gravité. C'était leur ultime mission dans ce monde.

– Cassandre, lui annonça Amalthée, j'ai eu une entrevue avec le président. Il a informé tous les membres de l'Ordre. Ils sont disposés à organiser une assemblée durant laquelle ils t'écouteront. Mais ce sera périlleux, Cassandre. Le président m'a laissé entendre que de multiples hommes refuseraient l'antidote, qu'ils désiraient plus que tout préserver leur pouvoir, leur puissance, leur prédominance. Ils préfèrent rester tels quels, au risque de détruire le monde et d'en périr !

– Es-tu prête à les affronter, Cassandre ? lui demanda Cypras avec anxiété.

– Oui, je suis prête.

Elle leva ses yeux vers lui. Ils étaient d'un bleu si clair, si pur, qu'ils évoquaient la mer sereine et alanguie, cette douce mer du Sud au bord de laquelle il était né. Il ressentit une joie intense. Au fond des yeux de Cassandre, miroitait une expression insondable, qui recelait les mystères du monde. Avec un frémissement, il effleura de sa main ses cheveux fins et soyeux, et murmura à son oreille « N'aie crainte, ils t'écouteront. Je serai là, à tes côtés... ».

Les semaines qui suivirent, Cassandre voyagea d'une cité à l'autre, et vit le monde tel que le lui avait dépeint Prométhée. Il y régnait des lois iniques, entretenant l'injustice, la violence et la laideur sous toutes leurs formes. Elle croisa de nombreux « cerveaux-nains » : leur mutation s'accélérait inéluctablement. Au fur et à mesure que leur puissance se renforçait, leurs corps s'amenuisaient, leurs têtes s'épaississaient, leurs chevelures se clairsemaient.

Toutefois, au-delà des apparences, Cassandre n'en percevait pas moins les empreintes indélébiles de l'humanité : sa beauté, sa vitalité, sa créativité, sa faculté de renouvellement illimité.

Le sentiment que lui vouait Cypras la consolidait. Sa voix fluette se raffermissait de jour en jour. Il lui parlait souvent de l'Ordre créé par Épiméthée, qui avait perduré après la mort de ce dernier et s'était considérablement accru, comptant plusieurs centaines de membres, dont les femmes qui avaient absorbé l'élixir.

En effet, Épiméthée avait cédé aux instances de certains scientifiques, leur révélant la formule de l'élixir, ce qui avait permis à des femmes d'y accéder.

Toutefois, les corps de ces dernières n'avaient pas subi les mêmes transformations que ceux des hommes. À l'opposé, elles avaient excessivement grandi, se délestant de toute chair superflue. Filiforme et décharnée, leur silhouette était étirée à l'extrême, laissant saillir leur ossature.

En dépit de cette dissemblance, elles étaient atteintes des mêmes symptômes que les hommes, et affichaient avec suffisance leur supériorité. Leurs voix étaient sèches et cassantes : une manière d'affirmer le pouvoir qu'elles partageaient désormais avec les hommes.

Cela ne les empêchait nullement d'être pour les « cerveaux-nains » des compagnes loyales. Ils paraissaient d'ailleurs s'entendre à merveille, se complétant avec habileté aux fins d'étendre leur influence. Leurs paroles, gestes et regards faisaient insidieusement accroire à leurs semblables l'existence de sentiments et d'émotions tout humains. Mais ces artifices ne dupaient que ceux, toujours crédules et asservis, qui se laissaient ensorceler par eux.

Ils partageaient également l'illusion extravagante qui fondait leur vie et leur faisait dénier la réalité : la suprématie des capacités de leur cerveau, ainsi que leur puissance exorbitante.

CHAPITRE XL

Escortée par les quatre frères, Cassandre pénétra dans une salle ostentatoire aux proportions gigantesques.

Vêtue de bleu, la jeune femme avait mêlé des nuances allant du bleu crépusculaire au bleu azuré assorti à la couleur de ses yeux. Elle portait une robe longue d'un bleu anthracite, qui épousait ses formes gracieuses, et dont l'éclat discret ravissait le regard. À son cou, une écharpe de soie d'un bleu profond, à ses pieds des chaussures d'un bleu argenté. Elle ne portait qu'un bijou : un anneau surmonté d'un cristal bleu scintillant des lueurs qu'il captait.

La vaste salle était noire de monde. Les membres de l'Ordre étaient assis sur des sièges alignés en rangs d'oignons, impassibles et hautains.

À l'avant, une estrade était installée sur toute la largeur de la pièce, où les dirigeants les plus éminents trônaient dans de luxueux fauteuils. À une extrémité, se trouvait un haut pupitre à l'attention de Cassandre.

Ses amis s'étaient résolus à se retirer chacun dans un angle de la pièce, Cypras dans le plus proche, prêt à intervenir et à protéger la jeune femme en cas d'incident.

Lorsque le silence s'établit, Cassandre monta sur l'estrade, déposant à l'abri des regards la fiole que lui avait remise Prométhée. Puis elle se recueillit, respirant profondément. Apaisée, elle releva ses grands yeux clairs et regarda autour d'elle.

Les membres de l'Ordre la considéraient avec un scepticisme non dissimulé. Ils ne comprenaient pas le motif de la présence de cette frêle jeune femme, dont l'allure insolite ne leur était pas coutumière, et qui semblait les provoquer.

Aussi, lorsqu'elle prit la parole, la fixèrent-ils avec une hargneuse défiance.

– Je vous salue tous... commença-t-elle avec aménité. Je vous suis reconnaissante d'être venus. Vous n'ignorez pas la raison de ma présence ici.

Une main émergea aussitôt de la foule. Cassandre s'interrompit.

– Pourquoi Prométhée n'est-il pas ici aujourd'hui ? lui assena un homme durement. Celui qui nous a fait miroiter les effets extraordinaires de sa mixture et a disparu ?

– J'allais y venir, répondit Cassandre avec un sourire indéfinissable qui tempérait les esprits les plus belliqueux.

» Ainsi que vous le savez, Prométhée a eu une foi inébranlable dans sa découverte, et a mis à votre disposition son élixir censé agir sur la pensée et l'esprit. Par malheur, cet élixir a été altéré et corrompu par une substance qui y a été introduite à son insu, et a eu ainsi sur les hommes des effets indésirables. C'est alors que vous avez exclu Prométhée de la communauté des chercheurs et scientifiques. Désespéré, il ne lui restait qu'à quitter ce monde et à s'isoler pour tenter de trouver une issue à cette situation.

Des rumeurs et des voix antagonistes s'élevèrent dans la salle. Ainsi qu'il en avait été convenu, Cassandre ne révélerait pas aux membres de l'Ordre le secret de l'élixir et de l'antidote. Elle tairait ce qu'avait découvert Prométhée sur la mutation inévitable des humains, qu'ils eussent ou non absorbé l'élixir. Si Prométhée était coupable, pensait-elle, c'était de ne pas les avoir considérés avec discernement, ayant toute foi en eux et en leur faculté de progresser.

– Prométhée a vu le monde tel qu'il est, reprit Cassandre en balayant de ses yeux l'assemblée prête à l'assaillir.

» Il l'a parcouru, exploré, observé avec attention. Il en a découvert les aspects néfastes, nuisibles, dévastateurs. Il a vu des humains affectés de maux incurables et d'un sentiment désespéré de perdition, de perte de sens, les menant à leur destruction.

– Comment est-il parvenu à une telle conclusion ? demanda avec ironie un homme imposant sur l'estrade. Cela est impossible ! Le monde n'est pas tel que Prométhée le voit, Cassandre... Puis-je vous appeler ainsi ?

– Je vous en prie, répondit-elle avec obligeance. Prométhée est parvenu à cette conclusion en observant les mutations survenues dans le monde, la transformation excessive de certains humains...

– Vous faites sans doute allusion aux hommes petits nantis de têtes opulentes ! riposta une femme qui s'était levée, vers laquelle les regards convergèrent.

Jeune encore, elle était d'autant plus grande qu'elle portait des chaussures aux talons étonnamment hauts, effilés comme des aiguilles. D'une minceur extrême, de longs cheveux raides encadraient son visage émacié et défraîchi par les fards abondants. Elle était vêtue, comme les autres femmes, d'un pantalon noir et d'une chemise blanche irréprochable. Nulle féminité, nul charme ne se dégageait d'elle, mais ses yeux brillaient avec intensité, comme si la vie ne demandait qu'à jaillir d'elle.

– Oui, acquiesça Cassandre sans sourciller.

– Cependant, reprit la femme avec arrogance, regardez-moi ! Je suis très grande !

– Je vous vois, en effet, telle que vous êtes, déclara Cassandre avec subtilité, ses grands yeux fixés sur la femme. Il se peut que vous soyez satisfaite de vous et de votre vie. Mais j'aimerais néanmoins vous poser une question, si vous le permettez. En tant que femme, vous sentez-vous comblée ? En d'autres mots, êtes-vous vous-même dans ce monde ?

– Que dit-elle ? fulmina un homme en se levant et pointant un doigt accusateur vers Cassandre qui ne broncha pas et attendit que l'agitation s'atténuât.

Ses amis lui étaient d'une aide précieuse. De leurs angles, postes d'observation efficaces, ils pouvaient intervenir à tout moment, apaiser les esprits querelleurs de quelques mots, et contribuer à maîtriser l'assemblée tapageuse qui ne saurait être que réfractaire aux paroles de Cassandre.

– Que dites-vous ? réitéra l'homme d'une voix cassante. Vous demandez à ma compagne si elle est elle-même ? Quel est ce langage obscurantiste ? Être soi-même ! Il y a longtemps que nous ne nous posons plus de telles questions, si tant est que nous nous les soyons posées un jour ! L'humanité évolue, nos esprits également, de même que nos corps. Que nous soyons nous-mêmes ou non n'est pas l'essentiel !

– L'essentiel ! L'essentiel ! bafouilla un autre homme plein de hargne. L'essentiel, vous ne semblez pas l'avoir compris, malgré vos circonlocutions et idées insensées ! L'essentiel est que le monde progresse dans le sens que nous souhaitons. L'enrichissement, l'abondance, la colonisation intelligente, organisée, méthodique et logique d'une terre encore en devenir. Les humains agissent tous dans ce sens, satisfaits d'être au service de notre civilisation qui s'étend dans le monde entier. Voilà l'essentiel ! conclut-il sèchement. Donc, vos questions sibyllines sur le fait d'être ou de ne pas être soi-même n'ont pas de sens ! L'on est soi-même lorsque l'on exécute ce qu'exigent de nous les circonstances et les dirigeants !

– Oui ! approuvèrent de nombreuses voix dans l'assemblée, tandis que des hommes se levaient, applaudissaient, se serraient les mains, se confortant et s'encourageant avec une expression de soulagement.

Pour eux, le pire était passé.

Agités et excités, ils n'en continuaient pas moins de décocher à Cassandre des flèches venimeuses : quolibets, moqueries, sarcasmes fusaient de toutes parts.

Seule, la femme à laquelle Cassandre s'était adressée demeurait silencieuse. Elle semblait ne pas entendre le tumulte qui envahissait la salle, plongée dans une rêverie qui l'isolait. Par instants, elle levait les yeux sur Cassandre et la regardait avec égarement, paraissant réfléchir intensément. Cassandre la fixait avec un étrange sourire aux lèvres.

Soudain, la femme se détourna de l'assemblée et s'approcha lentement de l'estrade. Elle s'arrêta face à Cassandre.

– Je vous en prie ! cria-t-elle, comme si elle émergeait d'un cauchemar. Je vous en prie ! Nul n'a cru bon de répondre à la question que m'a posée cette jeune femme. Tous l'ont tournée en dérision. Mais moi, je souhaiterais y répondre.

– Merci... murmura Cassandre avec un regard lumineux.

– Non ! Je ne suis pas moi-même et ne l'ai jamais été ! déclara la femme avec assurance.

– Quelle importance, ma chère ? siffla hargneusement un homme sur l'estrade. Vous avez l'illustre honneur de faire partie de notre assemblée, de cet Ordre de l'esprit qui domine le monde. En conséquence, que vous importe, puisque vous êtes parmi les élus ?

– Vous ne comprenez pas, Maître, insista la femme.

Elle scrutait Cassandre avec une intensité qui lui permettait de poursuivre un entretien lequel semblait soudain mettre sa vie en jeu. Cassandre lui rendait son regard, les yeux plongés dans les siens, comme pour lui transmettre ses forces.

– Vous ne comprenez pas ce que je veux dire. Je vous en prie, écoutez-moi quelques instants.

– Mais certainement ! rugit l'homme qu'elle avait appelé « Maître ». Nous vous écoutons !

– Je viens de prendre conscience de n'avoir jamais été moi-même et de ne jamais pouvoir l'être dans votre monde.

– Qu'est-ce à dire ? s'esclaffèrent des voix pleines de morgue.

– Pour être soi-même, poursuivit la femme, il faut suivre sa voie propre, penser, agir, marcher, se vêtir et que sais-je encore, d'une manière qui nous soit personnelle. Et non sous contrainte.

– Sous contrainte ? raillèrent les voix. Cela est aberrant ! Nous sommes libres ! Rien n'est fait sous contrainte dans ce monde.

– Je suis navrée de vous contredire, mais je ne me sens pas libre ! Depuis que j'ai absorbé l'élixir, que j'ai été admise dans votre assemblée comme l'une des vôtres, je ne peux plus faire un pas, un geste, ni dire un mot qui ne soit contraint et qui ne soit le fruit de ma sujétion. Aussi, ai-je le sentiment de me faire violence en permanence. J'ai l'impression de m'être égarée dans une forêt profonde et sombre, esseulée, ne pouvant compter sur aucune aide, n'ayant la moindre nourriture pour survivre, ne sachant quelle direction prendre pour en atteindre la lisière...

Soudain, un silence pesant régnait dans la salle. On entendait une mouche bourdonner près d'une fenêtre. Les hommes paraissaient atterrés, à l'exception des quatre frères qui, chacun dans son recoin, souriaient et se regardaient avec jubilation.

– Cependant, reprit avec une fureur contenue l'un des hommes assis sur l'estrade, c'est bien vous qui avez désiré absorber l'élixir. C'est vous qui avez choisi votre destinée !

– Pour mon malheur... souffla la femme d'un ton accablé. J'étais possédée par une chimère. Une de ces conceptions inoculées à l'humanité par les cerveaux des hommes, fondées sur les idées fausses qu'ils se font de la vie et de la nature humaine. Être dans le vrai... Voilà ce qui manque à notre monde. Chacun devrait être dans le vrai pour ce qui le concerne. Or, chacun adhère à une loi collective, conforme, artificielle, qu'on lui inculque ou impose, alors que la vérité ne peut se trouver qu'en soi.

– Oui, intervint Cassandre de sa voix mélodieuse qui résonna dans la salle silencieuse.

» Chacun veut cheminer sur le chemin des autres. Cependant, en empruntant un chemin différent du sien, en vivant une destinée autre que la sienne, en se désirant semblable aux autres, l'on s'asservit à un principe exclusif et figé. On vend son âme aux ténèbres, car cela est source de mort. S'assujettir de la sorte, c'est refuser d'être vivant, détruire tout espoir de l'être un jour. C'est être dans un état de mort intérieure...

Cassandre laissait errer son regard limpide sur les murs de la salle peints par d'illustres créateurs du passé, qui avaient eu le courage d'écouter leur voix intérieure.

Impressionnante, elle était semblable à une figure d'élection qui incarnait la justesse et la sagesse. Cypras distinguait sa tête inclinée, son visage rêveur, ses mains fines posées sur le pupitre. Il frissonna. Le charme qui émanait d'elle envoûtait l'assemblée.

Tous la dévisageaient, dans l'attente de ses prochaines paroles, comme si, vaguant dans le désert, ils espéraient trouver la source qui apaiserait la soif qu'ils découvraient en eux. Ils n'avaient jamais entendu de tels propos, étayés par une force de conviction qui communiait avec leur rêve profond. Ou peut-être les avaient-ils oubliés durant leurs longues années de captivité.

Captifs de l'élixir et de la folie chimérique qui s'était emparée d'eux, aiguisant à outrance leur désir de puissance, leur rage de posséder, ils avaient créé un monde à leur image, insipide, artificiel, vide.

Le silence dura une éternité. Soudain, des femmes se levèrent, l'une après l'autre. Cassandre parut s'éveiller d'un songe impénétrable, et les aperçut debout, la fixant avec des regards interrogateurs.

Les hommes demeuraient assis. Cassandre les considéra avec attention, percevant les palpitations de leur cœur, les vibrations de leur âme, saisissant au fond de leurs yeux inexpressifs la figure implacable de la mort qui les dominait et leur imposait de dominer.

Ces « cerveaux-nains » qui s'estimaient forts, puissants, invincibles n'étaient que des enfants orphelins qui avaient perdu leur chemin : dépouillés de leurs rêves, de leurs espoirs, de leurs sentiments, contraints par une idée fixe à laquelle ils se soumettaient aveuglément.

– Pourquoi vous soumettre ainsi ? leur demanda Cassandre vivement. Croyez-vous au monde que vous avez créé ? Êtes-vous heureux et comblés d'y vivre ? Et si non, pourquoi continuez-vous de vivre de la sorte ? Vous qui dominez le monde et pouvez le transformer à votre gré ?

Elle s'interrompit, comme si un charme irrésistible l'attirait par intermittences dans un univers où personne ne pouvait la suivre.

– J'ai peur... bredouilla un homme dans l'assemblée.

– De quoi avez-vous peur ? lui demanda-t-elle en souriant.

– Je ne sais... répondit l'homme. De tout, de rien. De tout...

– Vous avez peur de la vie, n'est-ce pas, lui dit-elle avec compréhension. Vous avez peur de changer de vie. Vous avez peur du changement lui-même, de l'inconnu, de la maturité, de la vieillesse, de la mort. De naître, de croître et de mourir...

– Oui, reconnut l'homme.

– Cessez ! s'écria avec rage l'homme impérieux sur l'estrade. Ne voyez-vous pas qu'elle joue avec vos émotions et ne s'adresse pas à votre esprit ? Vous vous laissez subjuguer par cette magicienne ! Plus personne ne croit aux fééries et aux enchantements de nos jours ! Nos enfants eux-mêmes ont cessé de croire à ces fadaises ! Ils conçoivent des instruments ingénieux et efficaces, réalisent des prouesses techniques, manient des mécanismes complexes en se divertissant. Aussi, cessez ce jeu insensé !

– Non ! s'opposèrent de multiples voix dans la salle.

L'on entendait un brouhaha assourdissant, une clameur enfiévrée. Des chaises étaient déplacées, des femmes se regroupaient au pied de l'estrade, près du pupitre, des hommes s'interpellaient avec fébrilité.

Les dirigeants qui siégeaient sur l'estrade tentèrent de mettre de l'ordre dans l'assemblée, intimant à tous les participants de se rasseoir en silence. Mais nul ne prenait garde à leurs injonctions.

Cassandre les contemplait avec un sourire captivant.

Les femmes surtout étaient éblouies par son charme, qui réveillait peut-être leur nostalgie d'une féminité qu'elles avaient laissé s'éteindre en elles. Chacune se réfléchissait en Cassandre comme dans un miroir. C'était si troublant, si déconcertant, si bouleversant que certaines soupiraient, d'autres murmuraient des mots imperceptibles.

Ébranlées, elles se rapprochaient de plus en plus de la jeune femme, malgré les exhortations impératives de ceux qui, sur l'estrade, tentaient encore d'infléchir le mouvement qui s'était amorcé.

– De nombreuses paroles ont été échangées, leur dit Cassandre calmement. J'ai entendu celles et ceux qui ont parlé à mon âme. Messieurs, qui vous trouvez sur l'estrade, je vous remercie de nous avoir laissé toute liberté de nous exprimer. Me permettez-vous à présent de vous parler de l'essentiel ?

– L'essentiel se trouve dans cette fiole.

Prenant la fiole, Cassandre la montra à l'assemblée.

– Cette fiole, poursuivit-elle, contient un antidote...

– Quel antidote ? l'interrompit l'homme sur l'estrade, d'un ton acerbe. Nous n'avons nul besoin d'antidote ! Il me semble que nous devrions conclure cette assemblée et nous quitter. Qu'en pensez-vous ?

– Oui ! acquiescèrent quelques voix rauques.

– Non ! se récrièrent de multiples membres de l'Ordre. Non !

– Soit... consentit le « cerveau-nain » qui ne contrôlait plus l'assemblée. Poursuivez !

– Prométhée a compris l'erreur qu'il a commise en élaborant son élixir. Aussi, a-t-il découvert le moyen d'y remédier. Ceci est un antidote à son élixir, qui a contribué à pervertir la nature humaine.

– Pervertir, pervertir... maugréa l'homme sur l'estrade. Encore faudrait-il prouver qu'il y a eu perversion ! Nous ne sommes pas pervertis, que je sache !

– Nous le sommes tous ! rétorqua avec fermeté une voix féminine, c'est pourquoi nous n'en sommes plus conscients.

C'était la première femme qui avait pris la parole. Elle se tenait près du pupitre, la main tendue vers Cassandre, comme pour l'assurer de son aide, de son acceptation, de sa totale rémission.

– Nous sommes pervertis, reprit-elle, par notre soif de puissance, notre supériorité factice ! Nous sommes devenus, tous, des proies du mal, perpétrant la destruction de l'humanité et du monde ! Tous coupables !

Des rumeurs de rébellion parcoururent la salle, certains hommes se sentant victimes de jugements intempestifs et partiaux.

Cassandre les contemplait de ses yeux lumineux. Une fois encore, son charme les captiva.

– Cet antidote est destiné à vous aider à redevenir humains, à transformer le monde que vous avez créé, à en déloger la cruelle violence. À remplacer l'élan de mort par l'élan de vie. Tel est le message que Prométhée m'a chargée de vous transmettre.

– Que signifie cela ? interrogea encore l'homme sur l'estrade. Qu'adviendra-t-il de nous si nous absorbons ce breuvage ? S'agit-il d'un nouvel élixir de feu ?

– En aucun cas, répondit Cassandre. Prométhée est convaincu que cet antidote aura des effets bénéfiques sur vous, qu'il éveillera votre conscience étouffée, vous restituera votre humanité, avec ses forces et ses fragilités, ses grandeurs et ses petitesses, extirpant de vous votre attrait pour la destruction. C'est également un antidote à la mort de la nature et de sa beauté.

L'assemblée l'écoutait avec attention.

– Qu'est-ce que la beauté naturelle ? Les humains en jouissent, s'en repaissent, l'exploitent, mais ne lui rendent pas hommage. Ils ont altéré et défiguré la somptueuse beauté de la nature, exploitant avec une rage de conquérant ses forêts, ses océans, la diversité de ses espèces, rompant le lien que chacune tisse avec les autres pour préserver la vie.

» Rappelez-vous ce que vos regards d'enfants ont saisi avec émerveillement ! Rappelez-vous cette harmonie, cette perfection, cette singularité, que vous avez remplacées par des villes compactes et suffocantes où sont regroupés les humains, sans espace, sans solitude, sans véritable liberté, toutes choses essentielles à la vie.

» Seuls, les enfants voient et aiment le monde tel qu'il est, ne désirant ni l'exploiter ni le transformer pour en tirer profit. Seuls, les enfants pressentent, avec leur sagesse à peine ébauchée, que le progrès et la civilisation tels que vous les concevez ne sont que des miroirs aux alouettes destinés à assouvir votre soif inextinguible de possession et de domination.

» Seuls, les enfants vivent sans avidité, sans cupidité, sans voracité.

» C'est pourquoi ils craignent tant les ogres dont sont remplis les récits qu'on leur conte. L'insatiable voracité de l'ogre qui veut tout dévorer pour combler son vide intérieur.

» Être vivant ou non, être vide ou comblé, voilà le dilemme auquel vous êtes confrontés.

» Souhaitez-vous continuer de vous gaver tels des ogres affamés ? De dépouiller inconsidérément la nature de ses richesses ? Ou aspirez-vous à redevenir des humains conscients de vous-mêmes, conscients de la beauté d'un monde que vous pourrez goûter, savourer, admirer, en cessant de l'exploiter outrageusement.

» Sachez que la nature n'a pas besoin de vous pour être, mais que vous avez besoin d'elle pour survivre et vous perpétuer.

» Contrairement à ce que vous croyez, plus vous dominerez, exploiterez, asservirez, plus vous serez vides. Et plus la mort se repaîtra de votre vide. La mort, cette grande faucheuse, qui hante les âmes vides...

» Cet antidote n'a pas d'effets néfastes. Si vous le prenez et s'il n'agit pas sur vous, vous resterez tels que vous êtes. Mais s'il agit, vous en serez transformés définitivement.

Cassandre posa la fiole sur le pupitre et ferma les yeux.

Elle voyait Prométhée et Pandore sur l'île lointaine, au bord de la mer. Un homme et une femme qui attendaient anxieusement, les yeux baissés, leurs mains s'effleurant. Ils n'osaient pas se tourner l'un vers l'autre, craignant que ce qui les bouleversait ne s'effaçât comme une empreinte sur le sable. Mais leurs bras frissonnaient du désir de s'étreindre, leur regard s'égarait de ne pouvoir se plonger l'un dans l'autre.

Cassandre les contempla longuement, si bien qu'en rouvrant les yeux, elle se rappela à peine le lieu où elle se trouvait. Sa vision intérieure avait tissé un lien entre ces deux mondes opposés, l'assemblée des « cerveaux-nains » et la petite île émergeant comme un joyau de la mer argentée.

À cet instant, ses yeux rencontrèrent ceux de Cypras, brûlant de foi en elle. Elle sut que son message avait été entendu.

– Soit ! consentit l'homme sur l'estrade, vaincu. Nous avons compris le message de Prométhée et entendu sa messagère. Je serai le premier à prendre l'antidote. Que celles et ceux qui veulent suivre mon exemple se manifestent, je vous prie.

Les deux tiers de l'assemblée opinèrent de la tête. Ils s'étaient levés, dissimulant ceux qui demeuraient irréductiblement assis, le visage fermé, les poings serrés, dans un refus opiniâtre. Cassandre soupira et une expression de tristesse passa sur son visage. Elle savait ce qu'il allait advenir d'eux.

– Nous allons rendre publiques cette assemblée et les paroles qui y ont été prononcées, poursuivit l'homme sur l'estrade, de sorte que tous les peuples en soient informés. Puis nous aménagerons des centres pour que ceux qui le désirent puissent prendre l'antidote rapidement.

– Une grande quantité d'antidote est déjà prête, les informa Cassandre. Nous l'acheminerons dans les divers pays. L'ami de Prométhée, Amalthée, ici présent, continuera d'en élaborer en fonction des besoins.

Sur ces derniers mots, Cassandre salua l'assemblée avec grâce, souriant aux femmes assemblées autour d'elle. Elle descendit de l'estrade et traversa la salle, accompagnée de Cypras qui la tenait par les épaules. Elle tremblait légèrement, quelques larmes coulaient sur ses joues sans qu'elle s'en aperçût.

De nombreux seront sauvés, songeait-elle, et la nature revivra.

Chapitre XLI

Cassandre avait hâte de retourner sur l'île d'Almathia. Cypras l'accompagna, tandis qu'Amalthée, Althée et Aris sillonnèrent une dernière fois le monde, veillant à ce que l'antidote fût disponible en quantité suffisante dans les lieux mis à leur disposition.

Cédant à leur souhait, Prométhée finit par les rejoindre. Les humains lui avaient rendu leur confiance, leur estime et leur admiration aussi rapidement qu'ils les lui avaient retirées. Mais peu lui importait. Il ne formulait qu'un vœu : celui de voir l'antidote préserver l'humanité. C'était l'unique raison pour laquelle il avait accepté de redevenir, pour quelque temps, le savant brillant, raffiné, sophistiqué dont ils avaient conservé le souvenir.

Pandore l'accompagnait. Accoutumés à voir le chercheur seul, ils furent interloqués par cette présence féminine à ses côtés, d'autant plus que Pandore se prêtait avec talent à cette « comédie de l'apparence », ainsi que l'appelait Prométhée avec humour.

Renonçant à ses tenues habituelles, à ses cheveux flottant librement au vent, à ses sandales dorées et ses larges chapeaux de paille, elle était parée d'une robe et d'une veste élégantes. Ses chaussures, ses gants et son sac, d'une somptueuse distinction, mettaient en valeur sa prestance. Ses cheveux noués dans la nuque laissaient échapper quelques mèches rebelles. Elle portait les bijoux précieux de son coffret, ainsi qu'une bague d'or rehaussée d'un rubis chatoyant que lui avait offerte Prométhée.

Ce dernier ne la quittait plus. Ils étaient si proches qu'ils ne manquaient de susciter un vif intérêt où qu'ils se rendissent, se jouant avec dérision de leur élégance et de leur charme. Prométhée était désireux de dévoiler au monde celle qui était sa compagne, et de lui rendre ainsi un hommage qu'elle partageait avec toutes les femmes. Lorsqu'il la présentait à l'un des anciens dirigeants du monde, il demeurait en retrait, effleurant son dos, l'invitant à le devancer.

Pendant ce temps, les trois frères s'occupaient activement de la distribution de l'antidote. Les femmes et les enfants en absorbaient tous. Parmi les hommes, seule une minorité d'irréductibles refusait d'en prendre.

Lorsque tout fut prêt, Prométhée et ses amis observèrent avec grand soin les effets de l'antidote.

Il se produisit ce que Prométhée avait pressenti : une transformation radicale des « cerveaux-nains », de leurs compagnes et leurs enfants, ainsi que l'apparition avérée de signes d'humanité chez ceux-ci. Femmes et hommes recouvraient une taille et des proportions équilibrées. Les enfants nouveau-nés redevenaient de vrais enfants, balbutiant leurs premiers mots. La vie dans sa variété, son originalité et son abondance se manifestait en tous lieux.

Les hommes qui avaient refusé l'antidote s'amenuisaient. La vie les abandonnait lentement, les livrant au cerveau démesuré qui engloutissait ce qui subsistait en eux d'humain. Ne demeuraient que des épaves artificielles, dont tout élan vital s'était évaporé.

Ils disparurent les uns après les autres, ne laissant d'eux qu'un effluve délétère, dissipé par le souffle frais et neuf dont s'abreuvaient la nature et la terre.

Le monde vibrait d'une telle allégresse qu'ils passèrent inaperçus.

Avant de joindre leur nouvelle île, Pandore et Prométhée se rendirent une dernière fois dans le cube, que Prométhée abandonnait définitivement.

De retour sur la berge, ils allaient amarrer la barque, lorsqu'ils furent arrêtés par un souffle violent. Ils se retournèrent vivement.

L'îlot était en feu.

Des flammes de plus en plus élevées s'enlaçaient dans d'infinis et mouvants enchevêtrements. Le cube se disloquait, se déformait, s'éparpillait en fragments disparates, en formes éparses qui entraînaient arbres et feuillages dans un abîme rougeoyant.

Tout se mêlait dans un chaos voilé d'une épaisse fumée. L'eau du lac n'était pas suffisante à étancher cette rage de la nature à triompher d'un monde révolu.

En quelques instants, l'îlot ne fut plus qu'un amas rouge et noir, mêlé de braises et de cendres. Toute vie était consumée par cet ultime embrasement.

Les yeux fixés sur cette destruction acharnée, Pandore et Prométhée se tenaient immobiles, songeant que tout chaos porte en lui le germe d'un renouveau, comme la mort le germe de la vie.

ÉPILOGUE

Les lueurs flamboyantes du crépuscule baignaient l'île, balayant de reflets violacés ses collines arrondies, les villages qui les rehaussaient, ses vallées fertiles, ses ports animés. La mer : étincelante, languide, secrète...

Elles s'engouffraient dans les feuillages, musardaient entre les branches. Certaines cimes étaient encore baignées de lumière, la base des troncs et le sous-bois déjà plongés dans une fraîche pénombre.

Les massifs de fleurs entrelacées de plantes envahissaient le moindre recoin, faisant du jardin un univers indompté, mais où tout coexistait dans une douce harmonie.

L'ombre allongée des arbres se reflétait dans l'émeraude du petit lac. Les oiseaux se divertissaient dans les frondaisons, quelques volatiles folâtraient dans l'eau, secouant leurs plumages, rivalisant en sons et cris impétueux. Les insectes se glissaient dans les interstices, les failles, les creux accueillants de la nuit.

« Les génies de la terre... », songeait Pandore en contemplant son jardin. « Cet esprit qui imprègne la nature et la rend immuable. Le sourire de la déesse qui a tout enfanté et s'enfante dans les êtres vivants prêts à l'accueillir. Je voudrais en faire don à tous... ».

En Pandore, la nostalgie de cet idéal que l'on appelle « bonheur » et auquel aspirent les humains comme à un droit absolu, avait disparu.

Désormais, elle allait sur son chemin originel, vers un monde inconnu qui ne se découvre qu'en soi.

Ils étaient nombreux à la croisée de leurs chemins, à s'être rencontrés, égarés, reconnus. À la fois unis et seuls.

Almathia sur l'île des plantes, parmi les femmes remarquables qui y vivaient.

Philémon et Baucis dans leur monastère, en contemplation de l'arbre qui en ombrageait le cloître.

Les frères, subtils messagers entre les uns et les autres.

Cypras, dédiant les échos vibrants de sa flûte à la jeune femme au regard bleu.

Cassandre, la poétesse aux presciences lumineuses, entendue par les humains.

Elle, Pandore, libérée, étreinte d'amour.

Prométhée, devenu clairvoyant : son élixir de feu transmué en élixir de vie.

FIN

TABLE DES MATIÈRES

CINQUIÈME PARTIE   **183**

Éditions Mythes et Contes
Dépôt légal : Mars 2016

www.ingramcontent.com/pod-product-compliance
Lightning Source LLC
Chambersburg PA
CBHW070444260626
47161CB00004B/1196